Hannelore Valencak

REGENZAUBER

Ueberreuter

CIP-Kurztitelaufnahme der Deutschen Bibliothek

Valencak, Hannelore:
Regenzauber / Hannelore Valencak. –
Wien : Ueberreuter, 1986.
ISBN 3-8000-1707-5

J 1103/1

Umschlag von Thomas Moog

Papier und Gesamtherstellung: Salzer - Ueberreuter,
Wien - Korneuburg
Printed in Austria

Es regnete jetzt schon seit vielen Tagen. Die ganze Welt war grau, und die Sonne schien nie. Über das Fensterglas rann graues Regenwasser, und alles, was draußen war, sah verwaschen und farblos aus. Alle Tage kam das Wasser vom Himmel, der lange schon nicht mehr zu sehen war. Vielleicht kommt jetzt wieder die Sintflut, dachte Nanni.
Im Klassenzimmer brannte das Licht und machte alles gelb und warm. Nanni saß gern hier im trockenen Klassenzimmer. Sie schaute die Schmetterlinge auf den Bildtafeln an. Die sahen manchmal aus, als ob sie die Flügel bewegten. Sie hießen: »Pfauenauge« und »Admiral«, »Kohlweißling«, »Schwalbenschwanz« und »Zitronenfalter«. Sie waren schön und groß und bunt gefleckt, und keiner von ihnen flog fort, wenn man ihn berührte.
Nanni dachte an die lebendigen Schmetterlinge, die jetzt draußen in dem endlosen Regen waren. Wahrscheinlich ertranken sie und wurden davongeschwemmt. Vielleicht wurde die Farbe von ihren Flügeln gewaschen, und sie sahen häßlich und grau wie nasses Papier aus. Und wenn später irgendwann wieder die Sonne schien, waren die Wiesen ganz ohne Schmetterlinge. Es soll endlich zu regnen aufhören, dachte Nanni.
Sie war froh, daß es hier in der Klasse so schön warm war. Es war eingeheizt, weil seit vielen Jahren der kälteste Juni war. Vor ein paar Nächten hatte es sogar in den Bergen geschneit. Nanni hatte gestrickte Hausschuhe an, die sie mit ihren Zehen auf- und abbiegen konnte. Eine dünne Ledersohle war draufgenäht, und über den Knöcheln waren sie zugebunden. Nanni hatte gern ihre warmen Hausschuhe an. Sie fühlte sich in ihnen geborgen und wohl. Sie ging gern

in die Schule und lernte gut, und es war gar nicht notwendig, daß sie besonders fleißig war.
»Nanni!« sagte die Lehrerin. »Paß auf und schau nicht auf die Schmetterlinge.« Es klang aber gar nicht zornig, wie sie es sagte, und auch ihr Gesicht sah nicht sehr böse aus. Nanni nahm sich zusammen und paßte auf. Es war Deutschstunde, und sie übten gerade die Satzanalyse. Das war nicht sehr interessant, aber auch nicht sehr schwer. Es war eigentlich alles schon vollkommen klar für Nanni. Sie sah nicht recht ein, was da noch zu üben war. Die Lehrerin sagte: »Schlagt jetzt das Lesebuch auf. Wir gehen das Lesestück auf Seite siebzehn durch. Zuerst lesen wir es, und dann analysieren wir es. Nanni fängt an. – Die Mühle an der Rannach.«
Nanni freute sich, daß sie anfangen durfte. Sie zeigte gern, was sie konnte, und lesen konnte sie gut. Sie hatte auch daheim eine Menge Bücher, die sie alle fast auswendig hätte hersagen können, weil sie sie immer wieder begeistert las. Auch die Geschichten im Lesebuch kannte sie alle. Sie holte tief Luft, war ein bißchen rot im Gesicht und begann:
»Die Mühle an der Rannach. Eine Sage aus unserer Heimat.
In einer Mühle an der Rannach lebte vor langer Zeit ein Müller. Man erzählte sich weit und breit, er sei mit dem Teufel im Bund. Sein Reichtum war groß, jedoch sein Herz war kalt. Wenn ein Bettler vor seine Tür kam, hetzte er die Hunde auf ihn. Seine Knechte und Mägde durften sonntags nicht zur Kirche gehen, sondern mußten in der Mühle ihre Arbeit tun. So gottlos war der Müller und so groß seine Gier nach Geld. Er lebte viele Jahre in Saus und Braus. In seinen Speichern häufte sich das feine, weiße Mehl und in seinen Truhen das Gold und die Edelsteine.«
Ein anderes Kind mußte weiterlesen. Es las: »Jetzt ist er tot und muß um Mitternacht Steine mahlen, bis es auf der Welt keine Steine mehr gibt. So mancher nächtliche Wandersmann hat gesehen, wie das Mühlrad sich drehte, und hat aus der verfallenen Mühle ein Poltern und Wehklagen gehört.

Eines Nachts kam ein Kind an der Mühle vorbei, und dieses Kind war an einem Karfreitag geboren. Plötzlich stand ein alter Mann vor ihm. Sein Bart war grau und seine Kleider voll Staub. Eine traurige Stimme sagte: ›Erschrick nicht, mein Kind. Wenn du mich erlöst, sind all meine Schätze dein.‹ – Er führte es in die Mühle. Da staunte es sehr, denn da lagen Gold und Geschmeide zuhauf und Truhen voller Edelsteine.«

Wenn Nanni das las oder hörte, war sie immer ganz aufgeregt. Sie hatte Herzklopfen, weil sie auch am Karfreitag geboren war. Das hätte sie der Lehrerin gern gesagt, aber sie wußte, daß sie beim Lesen nicht dreinreden durfte.

»Josefa, lies weiter!« sagte die Lehrerin. Josefa war Nannis Sitznachbarin, ein Bauernmädchen vom Kohlwirthof. Sie war sehr stark, und ihre Stimme war laut, und Nanni hatte großen Respekt vor ihr. Josefa hatte gerade nicht aufgepaßt und stotterte, weil sie den Faden verloren hatte. Sie schubste Nanni hilfesuchend unter der Bank mit dem Fuß an. Nanni schob ihren Zeigefinger auf die Stelle im Lesebuch, an der die Geschichte weiterging, und Josefa las:

»Der tote Müller befahl dem Kind, einen Regenzauber zu sprechen, damit lange Zeit kein Regen kam und das Wasser der Rannach versiegte. Wenn es soweit war, blieb das Mühlrad für immer stehen, er konnte um Mitternacht nicht mehr Steine mahlen und fand endlich Ruhe im Grab. Doch bevor er dem Kind den Zauberspruch mitteilen konnte, griff es nach dem Gold, das zu seinen Füßen lag, und sah es in lichterlohen Flammen stehen. Daraufhin wurde es von Furcht erfaßt und floh hinaus in die Vollmondnacht. Da war ein Wehklagen in der Luft, und die Mühle war in blaues Feuer gehüllt. Auf raschen Füßen eilte das Kind davon. Ein Goldstück hatte es in der Hand behalten, doch als es dieses heimbrachte, war es ein Kieselstein.«

Die Lehrerin stand beim Fenster und schaute hinaus, und sie machte dabei ein strenges und ernstes Gesicht, als hätte der Regen das Regnen von ihr gelernt und zeigte jetzt, wie gut er es konnte. Es war ganz still in der Klasse, nur Nanni war zappelig. Sie zeigte auf, weil sie unbedingt sagen wollte, daß sie auch an einem Karfreitag geboren war. Aber die Lehrerin schaute noch immer zum Fenster hinaus und fragte: »Wer analysiert jetzt den ersten Satz?«

Dann schaute sie in die Klasse und sah Nanni, und weil Nanni aufzeigte, glaubte die Lehrerin, daß sie den Satz analysieren wollte.

»Also gut, dann mach du es«, sagte sie, und Nanni begann mit enttäuschter Stimme:

»Wer lebte vor langer Zeit in einer Mühle an der Rannach? Ein Müller. Das ist der Satzgegenstand. Was tat er? Er lebte. Das ist die Satzaussage.«

»Gut.«

Ein anderes Kind wurde aufgerufen, und Nanni dachte schon wieder an andere Dinge. Sogar wenn sie sich zusammennahm und auch aufpassen wollte, wenn sie etwas nicht interessierte, fiel ihr immer irgendein Unsinn ein. Nanni dachte darüber nach, daß die Rannach ganz nahe an ihrem Dorf vorbeifloß und daß es an ihr auch eine verfallene Mühle gab. Die schaute ganz unheimlich und verzaubert aus. Noch nie hatte sich Nanni getraut hineinzugehen. Schon am Tag war es unheimlich und erst recht in der Nacht. Und außerdem gab es dort möglicherweise Schlangen. Aber wer konnte wissen, was es sonst noch dort gab? Vielleicht war in der Mühle wirklich ein Schatz vergraben, mit den herrlichsten Edelsteinen und ganzen Säcken voll Gold. Vielleicht müßte man ihn nur suchen, dachte Nanni.

Auch nach Schulschluß war alles noch nebelgrau. Nanni marschierte durch den Regen, der häßlich, kalt und unfreundlich war und überhaupt keinen Wert für Kinder hatte. Die Bauern waren vielleicht froh über soviel Regen, weil es vorher so heiß und trocken gewesen war. Aber Nanni war kein Bauernmädchen. Ihr Vater war Landarzt.

Nanni hätte eigentlich rascher gehen sollen. Ihre Mutter verlangte von ihr, daß sie pünktlich heimkam, weil sie für Ordnung und Genauigkeit war. Nanni hatte großen Respekt vor ihrer Mutter und oft sogar richtige Angst, obwohl sie nicht wußte, warum.

Vor ihren Schulkameraden hatte Nanni auch Angst. Die konnten sie nicht leiden und hauten sie manchmal. Manchmal spotteten sie auch nur über sie, je nachdem, wie sie aufgelegt waren.

Früher war Nanni immer gleich nach Schulschluß davongelaufen, aber die anderen hatten sie meistens trotzdem erwischt. Jetzt hatte sie einen neuen Trick. Sie ließ sich Zeit und trödelte so lange mit ihren Sachen herum, daß sie möglichst als letzte das Schulhaus verließ. Sie ging nicht auf der Straße heim, auf der alle gingen, sondern machte jeden Tag einen anderen Umweg. Heute ging sie auf einem Feldweg scharf nach rechts, bis sie zu der Brücke kam, die über die Rannach führte. Hier gab es einen schmalen Uferweg bis zur nächsten Brücke beim Sägewerk, von wo ein asphaltierter Traktorenweg direkt bis vor Nannis Haus ging. Auf dem konnte sie laufen, damit sie Zeit gewann und trotz ihres Umwegs nicht gar so spät heimkam.

Der Uferweg war tief aufgeweicht und an manchen Stellen ganz mit Büschen verwachsen. Die Zweige schnalzten, wenn Nanni durch das Gestrüpp ging, und bespritzten sie mit kaltem Regenwasser. Oft streiften Brennesselstauden Nanni an ihren Knien, zwischen Mantelsaum und oberem Stiefelrand. Es war düster und sehr unheimlich hier. Nanni ging selten auf diesem Weg und immer nur dann, wenn die Sonne schien. Aber heute zog es sie zu der verfallenen Mühle.

An gewöhnlichen Tagen war die Rannach ein harmloser kleiner Fluß, aber heute brauste sie an Nanni vorbei. Sie war viel breiter und bestimmt auch viel tiefer als sonst, und ihr Wasser war braun und wild und ganz undurchsichtig.

An einer Wegbiegung stand die Mühle. Auf der einen Seite,

die dem Fluß zugekehrt war, tauchte sie schon in das Hochwasser ein. Nanni schaute auf das Wehr, das aus alten, bemoosten Steinen erbaut war. Für gewöhnlich rann nur ein bißchen Wasser über sie hin, gerade so viel, daß das Moos auf den Steinen naß war. Diesmal schoß ein dicker gelber Wasserschwall darüber, so daß von den Steinen nichts mehr zu sehen war. Er stürzte in das tiefergelegene, brausende Bett der Rannach hinein, wo kleine schmutzige Wellen auf und nieder hüpften.

Bestimmt war das die Mühle aus dem Lesebuch. Eine andere kannte Nanni nicht. Sie war schon oft im Auto ihres Vaters durch das ganze Tal der Rannach gefahren und hatte sonst nirgends eine verfallene Mühle gesehn. Ob wirklich ein Schatz in ihr lag und wie der wohl aussah? Nanni überlegte, ob sie hineingehen sollte. Es gruselte sie bei dem bloßen Gedanken. Trotzdem nahm sie sich vor, es irgendeinmal zu tun.

Die Geschichte vom verwunschenen Müller ging ihr schon lange im Kopf herum, obwohl sie selbstverständlich wußte, daß eine Sage nur eine Sage war und daß man diese Dinge nicht ernst nehmen durfte. Das war alles Aberglaube und nur zum Geschichtenerzählen. Trotzdem hatte sie immer ein komisches Gefühl, wenn sie zu dieser Mühle kam und wenn sie sich vorstellte, wie das wäre, wenn hier wirklich um Mitternacht Steine gemahlen würden, bis es auf der ganzen Welt keine Steine mehr gab. Sie sagte sich, daß das vollkommen unmöglich war. Wohin sie schaute, sah sie Steine liegen, am Ufer der Rannach, am Weg und sogar in den Sträuchern. Auch die Berge und Felsen waren durch und durch aus Stein. Steine zu mahlen, bis es keine mehr gab, das hieß: in alle Ewigkeit.

Nanni trat näher an die Mühle heran, so nahe, daß das Wasser sie schon bespritzte. Über dem Mühlrad war eine hölzerne Rinne, aus der jetzt ein dicker Wasserstrahl schoß. Vorsichtig reckte sich Nanni hinaus und hielt die Hand unter ihn.

Sie spürte einen harten, klatschenden Schlag und zuckte zurück. Beinahe wäre sie in die Rannach gefallen. O ja, dieses Wasser hatte viel Kraft. Nanni wußte, daß es im Lauf vieler tausend Jahre Schotter, Kieselsteine und sogar den härtesten Granit zu Sand zermahlte, aber dazu brauchte es keine Mühle, das tat es von selbst.

Langsam ging Nanni weiter. Ihr war jetzt sehr kalt. Auf die Kapuze ihres Mantels trommelte der Regen. Der Weg war nun breiter und lief auf die Brücke zu, und weiter drüben sah Nanni das Sägewerk. Nanni spähte in den Himmel, der noch immer ganz grau war. Kein Stückchen Blau war an ihm. Er schaute mit seinen Wolkenwülsten wie ein großes graues Hirn aus und war sehr häßlich. Wahrscheinlich würde es auch morgen wieder regnen.

Nanni ging über die Brücke und kam auf den asphaltierten Weg. Links und rechts davon waren Wiesen und Felder. Sorgfältig putzte Nanni im nassen Gras ihre Stiefel, damit ihre Mutter nicht fragte, wo sie gewesen war. Dann mußte sie noch eine Weile gehen, bis der Traktorenweg die Straße kreuzte. Auf dieser Straße kamen jetzt ein paar Kinder daher. Einige Mädchen aus Nannis Klasse waren dabei und drei bis vier Buben.

Sofort blieb Nanni auf dem Traktorenweg stehen und hoffte, daß die Buben sie nicht bemerkten. Die waren sehr laut, sie hüpften und lachten und schrien und bewarfen sich gegenseitig mit Kiefernzapfen, die beim Sägewerk auf der Straße lagen. Josefa, die in der Schule neben Nanni saß, war auch bei den Kindern und machte besonders viel Lärm.

Nanni stellte sich neben einen Baum und verhielt sich ganz still. Sie war auch ein bißchen getarnt, weil ihr Regenmantel braun war. Die Kinder waren so miteinander beschäftigt, daß Nanni schon glaubte, sie würden sie wirklich nicht sehen, da schaute zufällig einer der Buben zu ihr herüber und fing zu schreien an: »Die Nanni! Die Nanni!« Er warf einen Kiefernzapfen auf sie. Der Zapfen traf sie am Hals. Das tat

weh und war scheußlich kalt. Jetzt bombardierten sie auch die anderen Kinder mit Zapfen und schrien: »Die Nanni!«
Nanni stand zuerst stocksteif da, dann drehte sie sich um und duckte sich. Die Kinder rannten über die Straße zu ihr herüber, nur Josefa blieb drüben stehen und tat gar nichts. Die Kinder kreisten Nanni ein. Sie war ganz blaß im Gesicht und schaute verängstigt. Zwischen ihr und den Kindern war eine Regenpfütze. In die sprang ein Bub mit beiden Beinen hinein und bespritzte Nanni von oben bis unten mit Wasser und Schmutz. Sie schrie auf und versteckte das Gesicht hinter ihren Händen.

»Laßt sie in Ruh, sie plärrt ja schon«, sagte Josefa. Erst jetzt fiel es Nanni auf, daß sie tatsächlich weinte. Sie wischte sich über die Augen und schämte sich. Die Kinder rundherum fingen zu kichern an. »Wegen jedem Dreck heult sie«, sagte ein Bub verächtlich. Auf einmal kam Leben in Nanni. Sie begann zu laufen. Josefa rannte hinter ihr her. Das Wasser der Regenpfützen spritzte.

»Warum rennst denn?« fragte Josefa. »Wehr dich lieber. Ich hätt an deiner Stelle den Zapfen zurückgeschmissen, und den blöden Kerl, der dich angespritzt hat, hätt ich in das Schienbein getreten – aber fest.«

Nanni suchte ihr Taschentuch und wischte sich das Gesicht ab. Sie konnte noch immer nichts sagen, sie konnte nur schluchzen.

»Hat dir einer weh getan?« fragte Josefa.

»Nein.«

»Dann versteh ich nicht, daß du heulst. Du bist schon ein richtiger Angsthas. Du zitterst ja schon, wenn dich einer nur einmal schief anschaut.«

»Ich komm ja nicht auf gegen euch«, sagte Nanni. »Ihr seid ja so stark.«

»Na ja, das stimmt schon. Du bist schon viel schwächer als wir. Da werd ich halt aufpassen müssen, daß sie dir nichts tun.«

»Das ist lieb von dir«, sagte Nanni. »Danke schön. Wenn du nicht gewesen wärst, hätten sie mich gehaut.«
Josefa lachte, weil sie sich geschmeichelt fühlte. Eine Zeitlang gingen sie still nebeneinander her, und Nanni wußte nicht, was sie reden sollte. Dann sagte Josefa: »Ich verlang aber auch was von dir. Du mußt mich die Rechenaufgabe abschreiben lassen. Und den Aufsatz für übermorgen machst auch für mich.«
»Ja, ja«, sagte Nanni. Aber sie war sehr traurig. »Ihr könnt mich alle nicht leiden«, sagte sie.
»Da darfst dir nix draus machen. Das tut nicht weh.«
»Du hast leicht reden. Dich mögen alle. Alle Kinder tun, was du sagst. So wie du möcht ich auch sein.«
Josefa wurde immer größer neben Nanni. Sie war riesig stolz und glänzte nur so im Gesicht. »Wenn einer bei mir aufmuckt, dann hau ich ihn«, sagte sie. »Ich rauf sogar mit den Buben, wenn es sein muß. Aber du plärrst schon, wenn sie dir nicht einmal weh tun. Da ist es kein Wunder, wenn dich jeder auslacht.«
Was Josefa da sagte, klang furchtbar verächtlich. Nanni schämte sich immer mehr, weil sie so feig war. Sie war überzeugt, daß niemand ihr Freund sein konnte. Sie fragte: »Wenn ich dir was schenken könnte, zum Beispiel viel Geld, hättest du mich dann gern?«
»Red nicht von Geld, wenn du keins hast. Woher willst es denn nehmen, dein Geld?«
»Ich hab ein Geheimnis.«
»Du Großmaul, du!«
»Ich bin kein Großmaul.«
Nanni dachte lange nach. Sollte sie es sagen oder nicht? Sie hatte ja einen Beweis, daß sie reich werden konnte. Nur war es sehr unwahrscheinlich, daß ihr Josefa glaubte. Aber weil sowieso schon alles egal war und weil es sonst ganz bestimmt nichts gab, womit sie Josefa beeindrucken konnte, sagte Nanni:

»Ich bin auch ein Karfreitagskind.«
»Was heißt das?«
»Ich bin am Karfreitag geboren.«
»Na und? Was ist da Besonderes dran?«
»Ich war auch in der Nacht bei der Mühle«, sagte Nanni.
»Bei welcher Mühle?«
»Bei der aus dem Lesebuch.«
»Du bist ja übergeschnappt.« Josefa war richtig erbost. Sie ließ sich von Nanni nicht zum Narren halten. Nicht einmal den anderen Kindern war das erlaubt.
»Es ist aber wahr«, trumpfte Nanni auf. »Ich war wirklich dort. Und er ist herausgekommen.«
»Wer ist herausgekommen?«
»Der tote Müller. Und den vergrabenen Schatz hab ich auch gesehn. Ich bin aber nicht davongelaufen, und mir hat er den Zauberspruch gesagt. Ich kann machen, daß der Regen aufhört und daß die Rannach ganz trocken wird. Und wenn der Müller erlöst ist und Ruhe im Grab hat, dann geh ich zu der Mühle und hol mir den Schatz. Du kriegst auch was davon – sagen wir, tausend Dukaten. Und ich verlang dafür nur, daß du meine Freundin bist.«
Jetzt hab ich sie angelogen, dachte Nanni. Aber gleichzeitig war die Geschichte wahr. Sie sah alles vor sich, wie es gewesen war. Mit allen Einzelheiten konnte sie es sehen.
Josefa sagte kein Wort und grinste nur. Das Lachen wird ihr schon noch vergehen, dachte Nanni. Voll Stolz entdeckte sie, was sie alles daraus machen konnte, daß sie an einem Karfreitag geboren war. Sie wußte einen vergrabenen Schatz, sie konnte machen, daß es zu regnen aufhörte, sie hatte mit einem verwunschenen Müller gesprochen, sie war sehr tapfer und würde demnächst sehr reich sein. Sie glaubte sich selbst ihre Lügengeschichte, weil alles, was sie erzählte, so großartig war. Josefa wäre bestimmt vor dem Müller davongelaufen.
»Wenn ich will, kann die Rannach in ein paar Wochen trokken sein«, sagte Nanni. »Wenn ich will, hört der Regen auf.«

»Wer's glaubt, wird selig.«
»Ich beweis es dir. Ich sag den Regenzauber. Du wirst schon sehen, daß der Regen dann aufhört.«
»Da bin ich aber neugierig«, sagte Josefa. Sie lachte noch immer, weil sie eigentlich dumm war und keine Ahnung hatte, was es alles gab.
Nanni blieb stehen, sie war ihrer Sache ganz sicher, weil ihre Geschichte so großartig war. Alles paßte genau zusammen. Es mußte so sein. Jetzt war sie schon völlig davon überzeugt, daß sie nicht log. Sie stellte sich hin und reckte den Kopf in die Luft und sagte mit ihrer lautesten, festesten Stimme:

»Sonne, Sonne, trink das Wasser.
Mühle, Mühle, stehe still.«

Auch der Spruch fiel ihr erst ein, während sie ihn sagte, und doch hatte sie das Gefühl, daß sie ihn schon lange kannte. Dann war es still, und es regnete immer noch.
»Einen Dreck hilft's«, sagte Josefa.
»Es wird schon helfen.«
Sie gingen langsam auf dem Traktorenweg weiter. Jetzt war es nicht mehr weit bis zu Nannis Haus. Die Straße war schwarz und naß und voll Regenpfützen, in denen tote Regenwürmer schwammen. Nanni war so begeistert von ihrer Geschichte, daß sie mit dem Erzählen gar nicht aufhören konnte. Sie beschrieb genau, wie der Müller ausgesehen hatte. »Er war ein ganz kleiner Mann mit riesigen Augen, und sein Gesicht war furchtbar verzweifelt und grau. Seine Haare sind ihm wild ins Gesicht gehängt, und sein Bart ist ihm bis über die Knie gegangen. Gefürchtet hab ich mich aber nicht vor ihm. In Wirklichkeit bin ich nämlich gar kein Feigling. Nicht einmal vor dem brennenden Gold hab ich Angst gehabt. Ich bin stehengeblieben und hab es mir angeschaut. Ein Goldstück hab ich herausgenommen, und stell dir vor, das Feuer war ganz kühl. Und das Gold

war zu Hause immer noch Gold und kein Kieselstein. Willst du's sehn? Ich hab es bei mir.«
Sie öffnete ihren Mantel am Hals und zog aus ihrem Halsausschnitt einen Dukaten. Dieses Goldstück war ihr Taufgeschenk und gehörte ihr schon seit langer Zeit, aber sie durfte ihn erst seit kurzem tragen, seit sie zehn Jahre alt geworden war. Und ab jetzt war der Dukaten kein Taufgeschenk mehr. Sie hatte ihn in der verfallenen Mühle gefunden. Sie sah ganz deutlich vor sich, wie sie ihn aufhob. Es paßte alles zusammen. Alles war wahr. Sie sagte: »Ich trag den Dukaten seither um den Hals. Er ist jetzt mein Talisman. Greif ihn nur an, er brennt nicht.«
Josefa befingerte die Münze an Nannis Hals. Sie hätte sie furchtbar gern gehabt – oder andere, die auch so golden waren. Aber diese Geschichte glaubte sie nicht. Kein Mensch glaubte solche Geschichten. Das war ja ein Witz. Sie ließ den Dukaten los und wollte sagen, daß alles miteinander ein großer Stuß war und daß Nanni mit dem Lügen aufhören sollte. In diesem Augenblick sagte Nanni: »Schau!«
Ein Stück blauer Himmel war aufgerissen und wurde in kürzester Zeit immer größer und größer. Die Wolken lockerten sich auf und zogen davon. Gleich darauf war die Sonne da. Es gab Licht und Schatten.
»Da siehst du's«, sagte Nanni, »der Regen zieht ab.« Sie wunderte sich gar nicht darüber, daß er abzog. Es war nur der Beweis dafür, daß sie nicht log. Und sie glaubte jetzt hundertprozentig an ihre Geschichte.
Josefa stand da und schaute groß. Sie stotterte: »Tatsächlich! Der Regen zieht ab.« Auch der Nebel auf den Wiesen kam in Bewegung. Er stieg auf und zerging, und ein Wind kam daher und zerblies ihn. Nach ein paar Minuten war der Himmel rein.
Josefa schluckte und druckste herum und schaute Nanni entgeistert an. »Du kannst richtiggehend zaubern?«
»Na freilich, du hast's ja gesehn.«

Jetzt war Josefa ganz kleinlaut, und Nanni war stolz. Sie hatte keinen Grund mehr, sich zu schämen. Wie gut, daß sie am Karfreitag geboren war.
»Du darfst aber niemandem was davon erzählen«, sagte sie. »Das muß ein Geheimnis bleiben, sonst gibt mir der Müller den Schatz nicht. Nur ein Mensch außer mir darf es wissen, und das bist du.«
»Ich sag garantiert nichts weiter. Ehrenwort!«
Noch nie hatte jemand Nanni so ehrfürchtig angeschaut wie Josefa. Es machte Nanni ein bißchen verlegen, aber schön und aufregend war es doch.
»Jetzt muß ich aber schnell heimgehn«, sagte sie. »Meine Mutter schimpft sonst, weil sie mit dem Essen wartet.«
Sie machte auf einmal einen begeisterten Luftsprung und lief im hellen Sonnenschein auf ihr Haus zu.

Auch der nächste Tag war herrlich sonnig und blau. Schon beim Aufwachen erinnerte sich Nanni wieder an alles. Sie stand auf, zog sich an und setzte sich zum Frühstück. Es war alles wie immer und trotzdem viel feierlicher. Nanni wußte, daß sie ein besonderes Kind war. Das hatte sie bis gestern nicht gewußt.
Die Mutter ging im Wohnzimmer hin und her, goß die Blumen im großen Blumenfenster und fragte Nanni über verschiedenes aus. Am meisten interessierte sie sich für die Schule. Sie fragte, ob Nanni alle Schulsachen eingepackt hatte, und wollte wissen, wann die nächste Rechenschularbeit war. Sie sagte: »Wenn du dich irgendwo nicht auskennst, red mit dem Vater.« Aber Nanni kannte sich überall aus. Die Mutter war stolz, weil Nanni in der Schule so gut war – sie war die Beste in der Klasse und mußte es bleiben. Wenn sie einmal die Zweitbeste wäre, würde die Mutter enttäuscht sein und schimpfen. Aber da war sowieso keine Gefahr.
Nanni dachte darüber nach, wie sie gestern den Regen fort-

gezaubert hatte. Das war ganz unglaublich und wunderbar. Sie konnte gar nicht aufhören, daran zu denken. Sie vergaß dabei, was sie tat und wo sie war.
»Wenn du so langsam frühstückst, wirst du zu spät kommen«, sagte die Mutter. Es gab Nanni einen Riß, und sie kaute geschwinder. Die Mutter blieb vor ihr stehen und schaute sie an. »Dein Kleid hast du auch nicht ordentlich zugeknöpft. Du mußt dich im Spiegel anschauen, wenn du dich anziehst. Ich muß immer noch auf dich aufpassen wie auf ein kleines Kind.«
Nanni zuckte immer zusammen, wenn ihre Mutter so schimpfte, obwohl es gar kein richtiges Schimpfen war. Es war nur so ein Daherreden, aber immer das gleiche. Immer sagte sie, daß Nanni etwas nicht richtig machte oder zu langsam oder zu unordentlich. Daß Nanni brav war und daß sie sie gern hatte, sagte sie selten.
Wenn ich einmal das viele Gold habe, dachte Nanni, dann wird sie sich wundern und froh sein, daß sie mich hat. Dann kann sie sich auch ihr eigenes Auto kaufen, das sie so gern haben möchte, weil sie auf dem Land wohnen muß, damit sie hie und da in die Stadt fahren kann. Oder wir ziehen überhaupt in die Stadt.
»Jetzt aber dalli, dalli«, sagte die Mutter. »Dein Kaffee ist schon ganz kalt. Also, wasch dir die Hände und geh.«
Immer mußte sich Nanni die Hände waschen, vor dem Essen und nachher und wenn sie vom Spielen hereinkam. Das war meistens ganz unnötig, aber Nanni tat es. Sie knöpfte auch vor dem Spiegel ihr Kleid richtig zu, dann nahm sie ihre Schultasche, sagte: »Auf Wiedersehen!« und ging.
Als sie aus dem Garten auf die Straße trat, stand Josefa da und wartete auf sie. Das hatte sie bisher noch nie getan. Nanni freute sich, daß sie nicht allein gehen mußte. Sie mußte heute auch keinen Umweg machen. Die Kinder taten ihr bestimmt nichts, wenn Josefa bei ihr war.
Josefa machte ihre Schultasche auf und zog ein Nylon-

säckchen mit Kirschen heraus. »Schau«, sagte sie feierlich, »die hab ich dir mitgebracht.«

»Oh, danke, das ist aber schön von dir«, sagte Nanni. Sie aß von den Kirschen, und sie schmeckten ihr herrlich.

»Das sind unsere ersten Junikirschen«, sagte Josefa. »Sie sind noch ziemlich wäßrig, weil es bis jetzt so kalt war. Aber heut wird bestimmt ein irrsinnig heißer Tag.«

»Bestimmt«, gab Nanni zur Antwort, »und morgen wird's auch heiß. Es bleibt schön und trocken, solang ich will.«

»Du! Das war gestern phantastisch«, sagte Josefa. »Ich hab gar nicht schlafen können, weil ich so aufgeregt war.«

Nanni hatte ein wunderbares Gefühl, als sie das hörte. Sie war jetzt bestimmt der wichtigste Mensch im Dorf. Für die Bauern hing alles vom Wetter ab, die Obst- und Getreideernte und auch sonst eine Menge.

Josefas Stimme war ehrfurchtsvoll, und auch ihre Augen schauten ganz feierlich. »Soll ich dir jeden Tag Kirschen bringen? Wir haben auch noch Nüsse vom vorigen Jahr. Wenn du irgendwas willst, was ich dir mitbringen kann, mußt du's sagen. Zum Beispiel frische Eier – das ist kein Problem für mich.«

»Das ist aber wirklich nicht notwendig«, sagte Nanni. Sie war ganz gerührt und hatte Josefa sehr gern. »Du mußt mir nichts mitbringen, nur weil ich zaubern kann. Du kannst dafür wieder ganz andere Sachen.«

»Aber geh, ich kann überhaupt nichts.«

»Das ist nicht wahr. Du kannst in der Turnstunde richtig gut Stangen klettern. Ich komm überhaupt nicht auf die Stange hinauf.«

»Da ist nur ein Trick dabei. Den zeig ich dir einmal.«

Eine Weile gingen sie stumm nebeneinander her, dann fragte Josefa: »Wie ist das jetzt mit dem Gold. Du hast gesagt, du gibst mir tausend Dukaten. Kannst du ausrechnen, was die wert sind?«

»Aber ja.«

»Jetzt gleich?«
»Nein, so schnell geht das nicht. Da muß ich zuerst wissen, was ein Dukaten wert ist.«
Josefa gab sich damit zufrieden. »Es wird schon ziemlich viel Geld sein«, sagte sie.
»Bestimmt. Wir werden die reichsten Kinder im Dorf sein. Du wirst dir kaufen können, was du willst.«
Sie bogen jetzt vom Traktorenweg auf die Straße. Drei Buben und zwei Mädchen kamen daher. Nanni sah sie und bekam sofort eine Heidenangst. Wenn sie allein gewesen wäre, hätte sie sich versteckt. Neben der Straße war ein Holzstapel aufgeschlichtet. Hinter dem hätte sie normalerweise Deckung gesucht. Aber jetzt war ja Josefa bei ihr, und darum hatte Nanni nichts zu befürchten.
»Grüß euch«, sagten die Kinder. Josefa antwortete: »Grüß euch!« Miteinander gingen sie weiter, und Nanni gehörte dazu. Der Bub, der sie gestern mit Wasser angespritzt hatte, ging neben ihr und grinste sie an, und alles war ganz normal und ungefährlich. Die Kinder liefen zum Sägewerk, dorthin, wo auf dem Boden die Kiefernzapfen lagen, und begannen sich gegenseitig damit zu bewerfen. Sie lachten und schrien und waren sehr lustig dabei. Auf einmal tat Nanni auch mit, und es gefiel ihr. Es tat überhaupt nicht weh, wenn ein Zapfen sie traf, und gestern hatte es noch weh getan. Sie lachte mit und quietschte vor Vergnügen. Alles war anders und neu, und die Sonne schien.
In der Schule räumte Nanni ihre Schultasche aus und gab Josefa einen Zettel. »Da ist der Aufsatz, den ich dir geschrieben hab.«
»Oh, danke«, sagte Josefa, »der ist aber lang.«
»Mir ist halt eine Menge eingefallen.«
Es war noch ein bißchen Zeit. Die Lehrerin war noch nicht da. Josefa legte den Aufsatz in ihr Pult. »Und die Rechenaufgabe? Hast die auch schon fertig?«
»Ja, ja.«

Die Lehrerin kam herein, und die Klasse stand auf. Nanni stand stolz und kerzengerade da und strahlte. Zum ersten Mal fiel ihr auf, daß sie größer war als Josefa. Sie war zwar nicht stärker als sie, aber größer war sie bestimmt.
In der ersten Stunde hatten sie Heimatkunde. Das war Nannis Lieblingsgegenstand. Die Lehrerin sprach über Grafenweiler. So hieß die Ortschaft, in der sie wohnten. Nanni wußte über Grafenweiler sehr viel. Immer wieder zeigte sie auf und wurde gefragt, und das war ein großes Vergnügen. Sie wußte die Einwohnerzahl, nämlich achthundertsiebzehn, sie wußte, daß Grafenweiler ein altes Dorf war, das die Türken einmal niedergebrannt hatten, und die Jahreszahl dieses Ereignisses wußte sie auch. Der höchste Berg in der Nähe war der Spielberg, auf dem ein altes, jetzt nicht mehr bewohntes Schloß stand, und daher kam auch der Name Grafenweiler.
»Und wie heißt der Fluß, an dem unser Dorf liegt?«
»Die Rannach«.
Nanni spürte, wie Josefas Fuß sie anstieß. Es war herrlich, daß sie ein so großes Geheimnis hatten. Sehnsüchtig wartete sie, bis die Stunde aus war, damit sie wieder davon reden konnten. Als es läutete, führte die Lehrerin sie in den Hof. Josefa drängte sich neben Nanni und flüsterte ihr zu: »Wenn die eine Ahnung hätte, was bei der Rannach los ist.«
»Sie wird schon noch draufkommen, wenn ich das Gold habe«, wisperte Nanni. »Vielleicht geb ich ihr auch was davon, weil sie immer so lieb ist.«
»Das kommt überhaupt nicht in Frage, da wärst du schön dumm. Das ist nur für dich und für mich, weil ich deine Freundin bin.«
Wie schön, daß Josefa Nannis Freundin war! Sie waren im Hof und mitten unter den Kindern. Sie spielten, lachten und schrien, und Nanni tat mit. Sie war früher in den Pausen immer allein gewesen. Jetzt war sie nicht mehr allein, darum war sie glücklich.

In der heißen Zeit, die jetzt kam, waren auch die Schmetterlinge wieder da. Es waren also doch nicht alle ertrunken. Viele erkannte Nanni wieder. Sie sahen genauso aus wie auf den Bildtafeln in der Schule. Besonders schön war das Tagpfauenauge, so samtig und leuchtend wie ein kostbares Schmuckstück. Es gab auch braun und schwarz und weiß gemusterte Falter mit einem roten Fleck auf jedem Flügel. Die waren sehr zutraulich und umflatterten Nanni. Wenn sie ganz still war, setzte sich manchmal einer auf ihre Knie oder auf ihre nackten Zehen nieder. Nicht einmal vor Nannis Händen hatten sie Angst, obwohl es doch Menschenhände waren, die den Tieren oft Böses taten, und die Tiere wußten das auch. Aber diese Schmetterlinge wußten es nicht.
Die großen Ferien waren da. Es war eine wunderschöne Zeit, golden und blau und wie ein einziger großer Tag. Nanni kam zur Rannach und wartete auf Josefa. Sie trafen sich hier jeden Tag und schauten, wieviel Wasser noch im Fluß war. Josefa war noch nicht da. Wahrscheinlich wurde sie irgendwo aufgehalten.
Nanni setzte sich an den Rand eines Wassertümpels, dessen Boden von weißem, angeschwemmtem Sand bedeckt war. Es war schon sehr wenig Wasser in der Rannach, sogar hier, ein Stück oberhalb des Wehrs, wo sich der Fluß staute. Nanni spähte zur Mühle hinüber. Sie sah deutlich das schadhafte, eingebrochene Dach, das schwarze Moos darauf und das alte Mühlrad.
Auf einmal sagte jemand: »Grüß dich, Nanni!« Aber die Stimme war nicht Josefas Stimme. Vor Nanni stand ein Bub mit blauen Augen, mit blonden Haaren und einer ganz braunen Haut. Das war der Lausbub, der sie damals im Regen angespritzt und mit Kiefernzapfen beworfen hatte. Sie hatte immer viel Angst vor ihm gehabt. Er hieß Erich Bretter und war ein Bauernbub.
Er stand vor Nanni und schaute sie freundlich an. Jetzt hatte sie keine Angst vor ihm. Sie sagte: »Grüß dich, Erich.«

Er fragte: »Was machst denn da?«
»Ich spiel mit den Menschenschmetterlingen«, sagte Nanni.
Er fing zu lachen an. »Wie sagst zu den Viechern?«
»Menschenschmetterlinge. Weil sie so zutraulich sind.«
»Das sind Distelfalter«, belehrte sie Erich. Nanni wunderte sich, weil er so gescheit war. Sie hatte immer geglaubt, daß er nur lustig und wild war und daß er nur arbeiten, spielen und raufen konnte.
»Warum weißt du denn so viel über Schmetterlinge?«
»Ich hab mich schon immer für die Tiere interessiert. Die Pflanzen kenn ich auch. Ich will Biologie studieren. Mein Vater läßt mich auf die Mittelschule gehn.«
»O fein«, sagte Nanni erfreut. »Ich komm auch auf die Mittelschule. Ich wohn dann in der Stadt im Internat. Vielleicht kommen wir sogar in dieselbe Schule.«
»Kann schon sein«, sagte Erich, »aber ins Internat komm ich nicht. Ich muß jeden Tag mit dem Autobus fahren.«
»Ist das nicht sehr anstrengend?«
»Aber nein, es wird schon gehn.«
Sie nickte. »Du bist ja groß und stark. Und gescheit bist du außerdem. Ja, wirklich, das bist du.«
Erich lachte und freute sich. Er war sogar ein bißchen rot geworden. Überhaupt war er ganz anders als in der Zeit, in der sie sich noch vor ihm gefürchtet hatte.
Er sagte: »Ich hab eigentlich baden wollen, aber es ist fast kein Wasser mehr in der Rannach.«
Nanni spürte, daß sie Herzklopfen hatte. Am liebsten hätte sie ihm alles gesagt, vom toten Müller, vom Geld und vom Zauberspruch und warum es jetzt alle Tage so heiß war. Aber er hätte ihr wahrscheinlich nicht geglaubt. Er hätte sie ausgelacht, und das wollte sie nicht. Und es gab keinen Regen, den sie fortzaubern konnte, zum Beweis, daß sie nicht log, so wie damals mit Josefa.
Erich hatte sich ausgezogen und stand in der Badehose da. Er stieg in den Tümpel, der kaum knietief war. Auf einmal

bückte er sich und spritzte Nanni an, und die Tropfen flogen und glänzten silbern im Licht. Nanni quietschte vergnügt und duckte sich. »Komm auch herein«, sagte Erich. »Das Wasser ist ganz warm.«

»Ich darf nicht baden«, gab Nanni zur Antwort, »ich verkühl mich so leicht.«

»Aber doch nicht an so einem Tag. Es hat dreiunddreißig Grad, hat mein Vater gesagt.«

Nanni hatte große Lust, in die Rannach zu steigen. Sie hatte das Wasser gern, ob es ruhte oder rann. Es gab eine Quelle im Wald, zu der sie oft hinging und nur schaute, wie der helle Strahl aus den Steinen sprang. Dieses Wasser hier war anders. Es war still und rein. Jedes kleinste Steinchen auf dem Grund war deutlich zu sehen. Nanni raffte ihr Kleid hoch und stieg in den Tümpel. Es war ein wunderbares, ganz neues Gefühl. Sie stand auf dem festen, warmen Sand, und das warme, saubere Wasser war rings um sie. Sie wäre am liebsten ganz untergetaucht und hätte dabei die Augen offen gehabt und durch das klare Wasser die Sonne gesehn. Sie glaubte sogar, daß sie dabei atmen könnte.

Erich lachte sie an und fing einen Wasserkäfer. Dann gruben sie drüben beim anderen Ufer, wo die Rannach schon ausgetrocknet war, einen kleinen Teich. Nanni trug in den Händen Wasser hinüber, und Erich setzte den gefangenen Käfer hinein. »Das ist unser Zoo«, sagte Erich. »Jetzt fangen wir noch ein paar Käfer. Vielleicht erwisch ich sogar einen jungen Fisch.«

In Nanni war eine Freude, die hell und warm war. So hätte es bleiben müssen, für alle Zeit. Aber auf einmal stand Josefa am Ufer. Sie war gelaufen und hatte ein rotes, verschwitztes Gesicht. Sie schaute böse auf Erich und fragte: »Was machst denn *du* da?«

»Ich spiel mit der Nanni.«

»Wir brauchen dich aber nicht. Wir möchten allein sein, also schau, daß du weiterkommst!«

»Kommt überhaupt nicht in Frage. Ich war zuerst da.«
Josefa sagte ein paar Sekunden gar nichts. Sie war so empört, daß es ihr die Rede verschlug. Sie hatte die Hände in die Hüften gestemmt, und ihre Augen funkelten vor Zorn.
»Ich hab gesagt, daß du verschwinden sollst.«
»Und ich laß mich von dir nicht herumkommandieren.«
»Die Nanni und ich haben allerhand zu besprechen, was dich nichts angeht. Ich schmier dir eine, wenn du dich nicht verrollst.«
»Probier's«, sagte Erich. »Dann hau ich zurück. Und außerdem kann ich ein paar Judogriffe.«
Josefa wurde noch röter im Gesicht. Sie schrie: »Ich sag deinem Vater, daß du geraucht hast, wenn du nicht gehst.«
»Ich hab nicht geraucht.«
»Aber freilich. Ich hab's ja gesehn. Und abstreiten kannst du's auch nicht, weil ich nämlich zwei Zeuginnen hab. Die Ilse, die Trude und ich, wir haben gesehn, wie du mit dem Brandstätter Peter beim Silo geraucht hast.«
»Ihr seid ja alle drei blöd«, sagte Erich, »und du bist gemein.« Aber seine Stimme war auf einmal sehr kleinlaut. »Ich muß ja nicht baden. Ich kann ja was anderes tun. Es ist sowieso fast kein Wasser mehr da.«
Er nahm seine Kleider und ging ins Gebüsch und kam angezogen, mit struppigen Haaren wieder heraus. Er grüßte nicht einmal Nanni, als er fortging. Es tat ihr furchtbar leid, daß er böse war. Am liebsten hätte sie ihn zurückgerufen. Aber Josefa packte sie schon bei der Hand und zog sie mit.
»Jetzt muß es eigentlich bald soweit sein. Vielleicht kannst dir heut in der Nacht den Schatz schon holen.«
»Das geht auf keinen Fall«, wandte Nanni ein. »Der Müller hat gesagt, daß die Rannach ganz trocken sein muß.«
»Na ja, aber praktisch ist sie's ja schon. Bei der Mühle ist überhaupt kein Wasser mehr. Es kommt ja nur drauf an, daß er nicht mehr mahlen kann, und das kann er bestimmt nicht mehr, also ist er erlöst.«

Nanni schüttelte energisch den Kopf und sagte: »Die Rannach muß trocken sein. Ich halt mich genau an die Vorschrift.«
»Na, vielleicht ist's auch wirklich besser, wenn du nichts riskierst. Wenn es schiefgeht, haben wir alle zwei einen großen Schaden, das ist schon wahr.«
Nanni atmete auf. Sie hatte noch Zeit. Es konnte noch Tage und sogar Wochen dauern, bis der letzte Tropfen aus der Rannach verdunstet war. Und erst dann ... Ja, was dann? Nanni wurde es unbehaglich. Sie schüttelte den Gedanken von sich ab.
Sie kletterte auf das Wehr, das aus großen Steinen erbaut und in der Mitte eingesunken war. Es wuchsen Moos und Algen darauf und sogar Gras. Auf der einen Seite, wo die Rannach schon trocken war, waren die Algenbüschel braun und tot. Auf der anderen Seite gab es noch grüne Stellen.
Josefa kam auch auf das Wehr und setzte sich nieder. »Sogar in den Zeitungen schreiben sie über die Hitze«, sagte sie. »Sie schreiben, daß es seit über hundert Jahren nicht mehr so war. Es wird Mißernten geben, wenn es so trocken bleibt.«
»O je«, sagte Nanni. Sie hörte nur mit einem Ohr zu, denn sie interessierte sich gerade für einen Käfer, der wie ein Seiltänzer über einen Grashalm turnte. Sie wartete darauf, daß er herunterfiel.
»Wie lang wird's denn noch so bleiben?« fragte Josefa. »Wird's dann gleich wieder regnen, wenn der Müller erlöst ist?«
»Das weiß ich nicht«, sagte Nanni gedankenlos. Sie schaute noch immer dem Käfer beim Seiltanzen zu. Erst als Josefa fragte: »Waas, das weißt nicht?«, war ihr klar, daß sie einen Fehler begangen hatte.
»Er muß dir doch gesagt haben, was du tun mußt, damit der Regen wieder zurückkommt – oder?«
»Nnnein«, sagte Nanni verdattert. »Eigentlich nicht.«
Josefas Augen waren auf einmal sehr klein. »Soll das heißen,

daß es jetzt immer so trocken und heiß bleibt? Da wird auf den Feldern ja alles hin. Da wächst ja nie mehr was nach – da verhungern ja alle. Was ist, wenn dich dein Müller hereingelegt hat?«

»Er hat mich bestimmt nicht hereingelegt«, stammelte Nanni. »Wenn eine verwunschene Seele erlöst wird, ist sie gut.«

»Wer sagt das?«

»Das steht in den Sagenbüchern. Wenn jemand erlöst wird, heißt das, daß er in den Himmel kommt. Dafür ist er immer sehr dankbar und tut, was man will.«

»Aber wenn er dir sowieso das Gold und die Schätze gibt, glaubt er vielleicht, der Fall ist für ihn erledigt. Du mußt ihn unbedingt fragen, was du tun mußt, damit das Wetter wieder normal wird.«

»Ja, freilich frag ich ihn.«

»Hoffentlich läßt er sich noch einmal anschaun, wenn alles vorbei ist. Es wär ja auch denkbar, daß er dir einfach die Schatzkisten hinstellt und abhaut.«

»O nein«, sagte Nanni eifrig, »das tut er bestimmt nicht. Er hat mir versprochen, daß er sie mir selber bringt.«

Darauf sagte Josefa nichts mehr, aber sie schaute Nanni sehr mißtrauisch an.

Sie kletterten weiter auf dem Wehr herum. Für Nanni war das etwas ganz Neues. Sie durfte normalerweise nicht barfuß gehen, und sie tat es auch nicht besonders gern, weil es ungewohnt für sie war. Auf den Straßen lag Schotter, der ihr weh tat, wenn sie mit bloßen Füßen darauf trat, und auf den Wiesen waren Disteln und Stoppeln unter dem Gras, und die stachen. Aber die Algen und das Moos auf dem Wehr waren weich und warm, fast so wie die Teppichböden in Nannis Haus.

Auf einmal sagte Josefa: »O je, wie du ausschaust! Du hast einen großen Dreckfleck auf deinem Kleid.«

Erschrocken schaute Nanni an sich hinunter, aber sie sah nichts.

»Am Hintern«, sagte Josefa. »Dort, wo du gesessen bist.«
Tatsächlich, da war ein grüner Fleck von den feuchten Algen. Nanni wischte und ribbelte, aber er verschmierte sich nur.
»Warum schaust denn jetzt so verzweifelt?« fragte Josefa. »Beim Waschen geht der Fleck schon wieder heraus.«
»Aber meine Mutter wird schimpfen, wenn sie ihn sieht.«
»Na und? Mir scheint, du hast sogar Angst vor deiner Mutter.«
»Ein bißchen schon. Ich mag es nicht, wenn sie schimpft.«
»Alle Mütter schimpfen«, sagte Josefa. »Meine schimpft auch. Besonders, wenn sie einmal schlecht aufgelegt ist. Oft schmiert sie mir auch eine. Das tut deine bestimmt nicht.«
»Nur hie und da. Aber sie schaut oft so finster. Sie redet auch immer so streng. Ich glaub dann, sie mag mich nicht mehr.«
»Du bist aber wirklich komisch«, sagte Josefa. »Mir ist das vollkommen Wurst, wie meine Mutter schaut.«
Nanni zuckte die Achseln und war trotzdem bedrückt. Sie ribbelte immer noch an dem Fleck herum. Josefa schaute ihr neugierig dabei zu. Auf einmal war in ihren Augen ein boshaftes Glitzern. Sie sagte: »Sei froh, daß deine Mutter nicht weiß, daß du an dem trockenen Wetter schuld bist. Oder weiß sie's vielleicht?«
»Aber nein!« sagte Nanni entsetzt.
»Du darfst sowieso niemandem sagen, daß du daran schuld bist. Sonst kommen die Bauern zu euch und verlangen Schadenersatz.«
Nanni wurde auf einmal ganz schwach in den Knien. Sie stammelte: »Der Schaden wird schon nicht so groß sein.«
»Und ob, der kann in die Millionen gehn. Aber mach dir nichts draus. Ich verrat dich schon nicht bei den Leuten.«
Nannis Herz wurde schwer. Der Tag war jetzt nicht mehr so schön. Sie wollte nicht, daß jemand zu Schaden kam, auch wenn er keine Ahnung hatte, daß sie daran schuld war.

Jeder Mensch, der ein Unglück hatte, tat ihr leid. Sie hätte am liebsten geweint, so bekümmert war sie.
Josefa lachte schon wieder und hatte alles vergessen. Aber Nanni mochte Josefa nicht mehr.

Am nächsten Tag trafen sie sich wieder bei der Rannach. Es war noch heißer als am Tag vorher. Aber der Wassertümpel stand noch immer über dem Wehr. Er sah aus, als hätte er sich überhaupt nicht verändert.
Josefa gab dem Tümpel einen Tritt, daß es spritzte und rauschte. »Der soll endlich austrocknen. Das ist ja furchtbar, wie lang das dauert.«
»Wird schon werden«, sagte Nanni. »Er war gestern tiefer als heut. Ich hab ganz genau geschaut. Gestern war der Stein da noch naß. Er hat nur ein kleines Stück aus dem Wasser geschaut. Heute ist er schon trocken. Das braucht eben seine Zeit.«
»Bis dahin kommt der Winter«, sagte Josefa erbost. Sie schaute den Tümpel an wie einen Feind. Er stand da und glänzte und spiegelte das Himmelsblau. Plötzlich hatte Josefa eine Idee. »Weißt was? Wir holen einen Eimer und schöpfen das Wasser heraus. Dann ist die Rannach leer, und der Fall ist erledigt.«
»Das geht nicht«, sagte Nanni. »Es rinnt noch immer was nach. Erst wenn gar nichts mehr nachrinnt, wird er von selber trocken.«
Josefa ließ den Blick durch das Flußbett wandern und sah, daß das leider stimmte, was Nanni sagte. Ganz nahe beim Ufer, unter dem überhängenden Gras, floß noch ein bißchen Wasser im Schatten dahin. Sie gingen ein Stück durch das Flußbett hinauf und wollten sehen, woher dieses Wasser kam. Es rann ununterbrochen auf der schattigen Uferseite. Dann kam eine Stelle, an der der Fluß eine Biegung machte, dort überquerte das Wasser das steinige Flußbett. Es rieselte über die Steine und glitzerte im Licht, und dann kam es am anderen

Ufer dahergeflossen. Dort war es so seicht, daß es nicht einmal die Kieselsteine bedeckte, aber es war breiter als auf der gegenüberliegenden Seite und verzweigte sich in viele winzige Bächlein. Das war noch immer die Rannach. Das war von ihr übriggeblieben.
»Jetzt siehst du, daß es nichts nützt, wenn wir das Wasser herausschöpfen«, sagte Nanni. Sie war sehr erleichtert darüber, und Josefa ärgerte sich.
Josefa hob einen Stein aus dem Wasser und schmiß ihn zurück. »Weißt was?« sagte sie, »ich möcht in die Mühle hineingehn. Oder hast vielleicht Angst davor?«
»Aber nein!« sagte Nanni.
Es stimmte nicht. In Wirklichkeit hatte sie Angst. Sogar Josefa hatte sich bis jetzt vor der Mühle gefürchtet. Sie hatten sich beide noch nie hineingewagt.
Sie stiegen aus dem Flußbett und blieben stehen. Jede wartete, daß die andere zuerst zu der Mühle ging. Sie strichen zwischen den Brombeerhecken umher, als wollten sie Beeren suchen, und es gab doch erst Blüten. Beide ließen sie sich absichtlich Zeit.
Immer näher kamen sie der Mühle, die tief im Schatten von Weidenbüschen stand. An den Stämmen der Weiden vertrocknete grauer Schlamm, der vom letzten Hochwasser stammte. Alles sah schmutzig und gottverlassen aus. Die Brombeerstauden neben dem Fluß waren weiß von Staub. Auch der schmale Weg, auf dem Nanni damals im Regen gegangen war, war jetzt staubig.
Sie standen vor der Mühle und schauten sie ängstlich an. Ein Graben voller Brennesseln war zwischen ihr und dem Weg. Sie stand grau und verwittert zwischen vielem Gestrüpp und sah häßlich und unfreundlich aus, als wollte sie nur ihre Ruhe. Die Holzwände waren gesprenkelt von Moos und standen auf einem Steinfundament, auf dem zwei graugrüne Eidechsen schliefen.
»Wo ist denn der Müller gestanden?« flüsterte Josefa.

»Da drüben«, sagte Nanni und deutete auf das Rad.
»Und was hat er angehabt?«
»Ein langes weißes Gewand.«
Josefa setzte sich zuerst in Bewegung. Sie brach einen Zweig ab und schlug die Brennesseln nieder. Mit zwei, drei großen Schritten sprang sie zur Mühle hinüber, und Nanni sprang nach. Die Nesseln brannten gemein, doch dann waren sie durch.
Sie standen jetzt vor der Tür. Nur ein Spalt war offen, und der war ganz finster und schwarz. Man konnte nicht hineinsehen. Das Holz der Tür war glitschig und grün und zeigte Spuren von einem Brand. Die Türschwelle war kniehoch mit Unkraut bewachsen.
Josefa stieß die Tür an. Die ließ sich nur schwer bewegen. Man mußte sich fest dagegenstemmen, damit sie aufging, aber es gelang.
Die beiden Kinder standen und schauten. Es war immer noch sehr finster in der Mühle, aber mit der Zeit gewöhnten sich die Augen daran. Auf einmal sah Nanni staubige Spinnennetze und eine zweite Tür auf der linken Seite. Sie nahm allen Mut zusammen und trat ein. Da stand sie auf festem, trockenem Boden, auf dem ganze Polster von Gras und Unkraut wuchsen. Weiter drinnen im Schatten war nur noch Erde. Darüber lag eine dünne Schicht Sand.
Nanni winkte Josefa, die ebenfalls eintrat. Sie machten die linke Tür auf, das ging ganz leicht. Sie hatte keine Klinke und kein Schloß und fiel sofort um, als Josefa sie anstieß.
Im Inneren der Mühle war es recht hell. Das zerbrochene Dach ließ viel Licht herein. Das Mahlwerk war zu sehen und die Treppe zum Speicher.
»War es damals auch so?« fragte Josefa. »Ist die erste Tür auch so schwer aufgegangen?«
»Nein«, sagte Nanni, »damals nicht. Die Geister machen das ja mit Zaubersprüchen.«
»Und wo sind die Kisten mit dem Gold gewesen?«

»Da drüben«, sagte Nanni. Sie zeigte nach links.
»Und wo sind sie jetzt?«
»Das weiß ich nicht. Wahrscheinlich sind sie irgendwo eingegraben.«
Josefa trat an das Mahlwerk heran und betastete den großen Mühlstein. »Du meine Güte! So ein Brocken!«
»Ja«, sagte Nanni, »der ist schon schwer. Das muß er auch sein zum Steinemahlen.« Sie bückte sich um eine Handvoll Sand.
»Schau, das ist Steinmehl.«
»Glaubst wirklich?«
»Aber ja.«
»Glaubst nicht, daß der Sand aus der Rannach kommt?«
»Nein«, sagte Nanni energisch. »Das ist Steinmehl.«
Josefa ging zu der Treppe, die auf den Speicher führte.
»Vielleicht sind die Kisten da oben?«
»Das kann schon sein. Wir dürfen sie aber noch nicht suchen, das ist noch zu früh.«
Trotzdem stieg Josefa hinauf, und Nanni kletterte ihr nach. Die Treppe zum Speicher war steil und wackelig. Ein paar Stufen waren zerbrochen, man mußte sehr vorsichtig sein. Josefa hätte sich fast den Knöchel verstaucht, weil eine Stufe zersplitterte, als sie darauf trat.
Der Speicher sah wie ein halbierter Dachboden aus. Sie konnten von ihm in den Mahlraum hinunterschauen. Er war vollkommen leer, nur ein Balken ging durch, gerade so hoch, daß man darauf sitzen konnte. Der Bretterboden knarrte unter den Tritten. Das Dach war zum Greifen nahe. Es roch nach vermodertem Holz.
Josefa und Nanni setzten sich auf den Balken. Er war noch ziemlich fest und trug ihr Gewicht. Durch ein Loch im Dach kam dünnes Licht. Es war ganz grün von den Bäumen draußen.
Josefa betrachtete ihre Zehen und dachte nach. »Die Golddukaten«, sagte sie, »waren die groß oder klein?«

»Ganz groß!« gab Nanni zur Antwort.
»Also Vierfachdukaten.«
»Ich weiß nicht, was Vierfachdukaten sind«, sagte Nanni.
Josefa griff nach dem Dukaten, den Nanni um den Hals trug. »Das ist nur ein kleiner Dukaten. Die großen sind viermal soviel wert. Ich hab mich bei meinem Vater genau erkundigt. Du hast mir erzählt, daß du den Dukaten vom Müller gekriegt hast, und jetzt erzählst mir, daß seine Dukaten alle groß sind. Irgendwas stimmt da nicht.«
»Aber ja«, sagte Nanni schnell. »Er hat große und kleine Dukaten, aber hauptsächlich große.«
»Dann krieg ich tausend große Dukaten von dir.«
»Ja, freilich.«
»Dann ist's gut. Die sind über eine Million wert. Für tausend kleine Dukaten kriegt man nur dreihunderttausend Schilling.«
»Das ist aber auch sehr viel Geld.«
»Na ja, wie man's nimmt. Wenn's weiter so heiß bleibt, wird unser Schaden noch größer. Mein Vater muß Vieh verkaufen, weil auf dem Berg fast kein Wasser mehr ist. Und unsere Äcker sind auch schon pulvertrocken.«
Nannis Gewissen wurde von Tag zu Tag schlechter. Jetzt kam sie sich schon überaus gemein vor. Vielleicht wurden die Bauern alle arm und mußten verhungern. Aber sie würde alles gutmachen, wenn sie konnte, auch wenn für sie selbst überhaupt nichts mehr übrigblieb.
»Weißt du, der Schatz war ja riesig«, sagte sie. »Bestimmt hunderttausend Dukaten, wenn nicht mehr. Und dazu die ganzen Perlen und Edelsteine und die herrlichen Ringe und Diamanthalsketten. Sogar eine Krone hab ich gesehn.«
»Aus Gold?«
»Nein, aus Blumen.«
»O je, die sind ja nichts wert. Und außerdem werden sie welk. Die kannst auf den Misthaufen schmeißen.«
Nanni lachte aufgeregt und geheimnisvoll. »Aber die Blumen

waren aus lauter Edelsteinen. In der Mitte hat jede einen Diamanten gehabt. Der hat wie ein großer Tautropfen ausgeschaut. Die Blütenblätter waren aus Saphiren und Rubinen, die haben wunderbar rot und blau gestrahlt. Und die Blätter waren aus Smaragden.«

»Was ist das?«

»Grüne Edelsteine. Die sind sehr kostbar. Ich hab gehört, daß Smaragde das Kostbarste sind, was es gibt. Die sind sogar noch teurer als Diamanten.«

»Phantastisch«, sagte Josefa. »Die Krone gibst mir dann auch.«

»Aber die ist ja das Schönste vom ganzen Schatz«, protestierte Nanni.

»Ja, eben. Und deswegen will ich sie. Sonst geh ich und sag den Leuten, was wirklich los ist und daß du den Regen fortgezaubert hast.«

Nanni war fassungslos und empört. Sie haßte Josefa. Aber sie konnte sich nicht wehren und mußte still sein. Und wenn sie die Krone wirklich hergeben mußte, so konnte sie ja für sich selbst eine neue erfinden. Aber von der erzählte sie Josefa dann nichts mehr. Die gehörte ganz ihr und war das Herrlichste auf der Welt.

»Also krieg ich die Krone?« fragte Josefa.

»Ja, ja.« Nanni stellte sich vor, daß sie die Krone zerstörte. Sie hielt dabei einen Stein in der Hand und zerschlug die roten und blauen edelsteinernen Blumen. Und was davon übrigblieb, schmiß sie Josefa hin. Die hatte keine Ahnung von Nannis Gedanken. Sie war schon wieder gut aufgelegt und sehr freundlich. »Und was hast noch in den Kisten gesehn? Erzähl!«

»Mir fällt nichts mehr ein«, sagte Nanni verbittert und lustlos.

»Aber du zeigst mir den Schatz, wenn du ihn daheim hast.«

»Ja, ja.«

»Und ich darf mir noch allerhand aussuchen?«
»Ja, von mir aus.«
»Ich will die Hälfte von deinem Schatz«, erklärte Josefa. »Dann bleib ich deine Freundin. Sonst bleib ich's nicht.«
Nanni hatte genug von der Mühle. Es war furchtbar stickig und heiß hier unter dem Dach. Sie wollte auch weg von Josefa. Sie verabscheute sie. Es lag ihr gar nichts mehr an Josefas Freundschaft. Sie stand auf. »Ich muß jetzt heim. Meine Mutter wartet.«
»Ja, stimmt, und du hast ja Angst vor ihr.« Josefa kicherte. Es klang boshaft und niederträchtig.
Ich mag sie nicht mehr, dachte Nanni. Sie ist gemein.
Als sie vom Speicher hinunterstieg, blieb Josefa oben stehen und schaute ihr nach. »Jetzt such ich die Schatzkisten. Vielleicht find ich sie. Dann gehört alles mir, und dir geb ich gar nichts.«
Nanni hätte gern zu ihr hinaufgeschrien: »Die kannst du nicht finden, weil es sie überhaupt nicht gibt.«
Aber so was getraute sie sich nicht einmal zu denken.

Nanni lief über die Wiesen. Die Sonne brannte und stach. Das Gras und die Kräuter sahen trocken und durstig aus, so, als hätten sie keine Lust mehr weiterzuwachsen. Zwischen den Grasbüscheln war der Boden staubig und grau. Alles hatte sich für Nanni verändert. Die Welt war nicht mehr von der Sonne vergoldet. Sie war kümmerlich und arm und dürstete nach Regen. Und Nanni war schuld an allem – sie allein. Sie hatte das Gefühl, daß sie das nie wiedergutmachen konnte. Sie rannte vor Josefa davon, die immer so bedrohliche und bedrückende Dinge sagte. Am liebsten wäre sie ihr nie mehr begegnet. Auch vor der Sonne wäre sie gerne davongerannt. Aber das war nicht möglich. Nirgends war Schatten. Die Wiese war groß und leer, kein Baum und kein Strauch wuchs auf ihr. Insekten flogen schwarz und summend durch die Luft.

Nanni war furchtbar allein und gottverlassen. Die ganze durstige Welt war böse auf sie. Kein Distelfalter kam mehr und war ihr Freund. Eine Roßbremse setzte sich auf ihren Arm und stach sie. Sie rannte und keuchte und war schon ganz naß vom Schweiß. Wenn sie die Lippen leckte, schmeckte es salzig. Es schmeckte, wie wenn sie weinte, und am liebsten hätte sie auch geweint.
Sie kam zu der Straße und hörte zu rennen auf. Hier fühlte sie sich nicht mehr ganz so bedroht und einsam. Autos fuhren vorbei, und Menschen saßen darin, und keiner sah böse oder mißbilligend aus. Alle hatten die Autofenster weit aufgemacht und fuhren im blendenden Sonnenschein dahin. An einer Straßenbiegung standen ein paar Bäume. Dort parkte ein Auto, und Leute lagen auf Liegestühlen. Eine alte Frau machte es sich im Schatten bequem, und eine junge Frau nahm ein Sonnenbad. Sie trug einen Badeanzug und war schon sehr braun. Neben ihr saß ein Mann und ließ sein Kofferradio spielen. Nanni fiel ein, daß Sonntag war. Die Sonntagsausflügler freuten sich über die Sonne. Die dachten nicht daran, daß den Bauern alles verdorrte. Sie waren aber auch nicht schuld daran.
Auf einmal hörte Nanni, daß jemand hinter ihr herlief. Sie schaute sich um und sah, daß es Erich war. Er lachte und hob die Hand. »Wart auf mich, Nanni!« rief er. Sie freute sich, daß er schon wieder versöhnt war, obwohl Nanni damit einverstanden gewesen war, daß ihn Josefa fortgeschickt hatte. Zumindest hatte sie nichts dagegen getan.
Er fragte: »Wo gehst denn hin?«
»Nach Haus«, sagte Nanni.
»Ich geh auf den Anger. Gehst mit?«
»Ich kann nicht. Wir essen heut schon um sechs.«
»Ach so. Aber vielleicht kommst nach dem Essen hin. Ich halt auf dem Anger einen Judolehrgang.«
»Wirklich? Und ich darf auch kommen?« fragte Nanni.
Von einer Sekunde zur andern war alles gut. Sie vergaß Jose-

fa und die verfallene Mühle und den Schatz, den es in Wirklichkeit gar nicht gab. Das alles galt nicht mehr und war weit fort.

»Jeder darf kommen, den ich leiden kann«, sagte Erich. Nanni strahlte und freute sich, weil Erich sie leiden konnte. Und er verlangte überhaupt nichts dafür, daß er ihr Freund war, nicht einmal, daß Nanni für ihn einen Aufsatz schrieb. Sie gingen einträchtig miteinander dahin, und Erich erzählte ihr von seinen Judogriffen. »Da kannst mich mit einer Hand durch die Luft schmeißen, wenn du willst. Dazu brauchst überhaupt keine Kraft. Das sind lauter Tricks. Wenn man da richtig zupackt, geht der stärkste Mann in die Knie.«

»Bei mir auch?«

»Na freilich. Bei jedem, der's richtig kann. Wichtig ist nur, daß du jeden Tag fleißig übst.«

Nanni war ganz begeistert, als sie das hörte. Sie stellte sich vor, daß Josefa zu ihr gemein war und Nanni packte nur mit einer Hand zu und schmiß Josefa durch die Luft, daß es krachte. Das würde ihr allerschönstes Erlebnis sein.

»Ich komm bestimmt nach dem Essen zum Anger«, sagte sie. »Das heißt, wenn meine Mutter mich noch so spät fortläßt.«

»Sie wird dich schon lassen. Im Sommer ist's ja lang licht. Wenn sie weiß, wo du bist, läßt sie dich sicher noch fort.«

Sie kamen zum Sägewerk und trennten sich. Nanni war fröhlich und aufgeregt, als sie heimlief. Und wirklich, die Mutter erlaubte ihr, daß sie nach dem Essen zum Anger ging, nur mußte sie pünktlich um acht Uhr wieder daheim sein.

Noch nie hatte Nanni so schnell gegessen wie diesmal. Und dabei aß sie geröstete Nieren gar nicht so gern. Noch dazu war Zwiebel dabei, den sie überhaupt nicht mochte, den sie aber essen mußte, weil er gesund war. Nach dem Abendessen räumte sie schnell den Tisch ab. Sie wischte ihn ab, weil das ihre tägliche Pflicht war, und war dahin.

Auf dem Anger lief eine Schar von Kindern herum. Josefa

war Gott sei Dank nicht unter ihnen. Erich lief Nanni entgegen und zeigte ihr gleich den »Komm-mit-Griff«. Dabei packte er sie beim Handgelenk, legte ihren Ellbogen auf seinen linken Arm und drückte ihn durch. Als er ging, mußte Nanni mitgehn, sonst tat es weh. Und er brauchte wirklich gar keine Kraft dazu.
Er zeigte ihr langsam den Griff, und sie machte ihn nach. Sie war sehr stolz, weil sie ihn gleich beim ersten Mal konnte. Dann durfte sie ihn auch bei den anderen Kindern probieren. Die probierten ihn wieder bei ihr, und bald konnten ihn alle. Manchmal, wenn eines im Übereifer zu heftig zugriff, tat es ein bißchen weh, aber das machte nichts.
Als nächstes hätte Nanni gern gewußt, wie man jemanden mit einer Hand durch die Luft schmiß. Aber Erich sagte, daß er das selbst noch nicht richtig konnte. Und außerdem war es gefährlich, weil der Boden so hart war und man sich die Knochen brechen konnte, wenn man schlecht auffiel. Diesen Griff durfte man nur machen, wenn man in Gefahr war, wenn einen ein Räuber oder ein Mörder überfiel, aber in Grafenweiler gab es keine Räuber und keine Mörder.
Erich kannte ein anderes, auch sehr lustiges Spiel, nämlich »Figurenwerfen«. Er nahm Nanni bei der Hand und wirbelte sie im Kreis herum, dann ließ er sie los, und sie purzelte hin, und wie sie zu Boden fiel, so mußte sie liegenbleiben. Dabei kamen die komischesten Figuren zustande. Zum Beispiel kniete sie mit einem Bein im Gras, stützte sich mit den Händen auf und spreizte das andere Bein zur Seite. Oder sie lag wie ein Käfer auf dem Rücken und reckte alle viere in die Luft.
Das Spiel fand bei allen Kindern großen Anklang. Sie vergaßen sofort das Judo und den Komm-mit-Griff und wirbelten auf der Wiese herum. Oft übertrieben sie die Figuren, die sie machten, und blieben mit den sonderbarsten Verrenkungen liegen. Manche streckten auch noch die Zunge heraus und schielten.

Nanni hatte noch nie ein so lustiges Spiel gespielt. Sie war atemlos vor Glück, und ihre Wangen glühten. Es fiel ihr nicht auf, wie laut sie lachte und schrie. Sie paßte auch gar nicht mehr auf, daß sie sich nicht schmutzig machte.
Später spielten sie »Räuber und Gendarm«. Dabei rannten sie vom Anger in den Auwald, weil sich die Räuber dort besser vor den Gendarmen verstecken konnten. Nanni durfte ein Räuber sein, das war doppelt vergnüglich.
Sie krochen durch ausgetrocknete Wassergräben und versteckten sich im Gestrüpp zwischen Stauden und Unkraut. Auch Brennesseln gab es dazwischen, die bissen und brannten, und Brombeerranken verfingen sich mit ihren Dornen in Nannis Kleid. Sie duckte sich kichernd in einem Strauchdickicht nieder. Neben ihr hockte Erich, der auch ein Räuber war. »Da findet uns bestimmt niemand«, flüsterte sie. Erich legte den Finger auf den Mund. Sie mußten ganz still sein. Rundherum schwirrte es von Bremsen und Mücken. Einige stachen Nanni. Sie hielt trotzdem still. Noch nie hatte es ihr so wenig ausgemacht, daß die Brennesseln brannten und die Stechmücken stachen. Das gehörte mit zum Räuberdasein.
Sehr nahe strichen zwei oder drei Gendarmen vorbei. Man hörte sie deutlich reden und sich miteinander beraten. Nanni schüttelte es vor verhaltenem Lachen. Sie durfte aber nicht herausplatzen, sonst schimpfte Erich. Er saß ernst und aufmerksam neben ihr und horchte. Erst als die Gendarmen weitergingen und sie nicht gefunden hatten, lachte er leise und stolz. Sie fühlte sich in seiner Nähe beschützt. Niemand konnte ihr etwas tun, wenn Erich bei ihr war.
Sie spielten noch lange und vergaßen die Zeit. Auf einmal fiel Nanni auf, daß es finster war. Sie erschrak. »Wie spät ist's denn?« fragte sie. Sie hatte keine Uhr, aber es konnte ja noch nicht acht sein.
Es war nicht acht, es war zehn Minuten nach neun. Seit mehr als einer Stunde sollte sie schon daheim sein. Bei diesem

Gedanken wurde sie ganz schwach in den Knien. Alle Freude war mit einem Schlag ausgelöscht.

»Ich glaube, ich werde jetzt heimgehn«, sagte Erich. Ihm machte es nichts, daß es schon zehn Minuten nach neun war, und Nanni beneidete ihn. Sie wäre auch gern ein Bub gewesen. Die mußten nie so pünktlich zu Hause sein.

Die Räuber-und-Gendarmen-Schar hatte sich wieder auf dem Anger versammelt. Jetzt liefen sie nach allen Richtungen auseinander. Bis zum Sägewerk ging Erich mit Nanni mit. Er wunderte sich, warum sie auf einmal so still war, und wollte wissen, ob er sie geärgert hatte.

»Aber nein«, sagte Nanni, »geärgert hast du mich bestimmt nicht.« Und sie bemühte sich, ihn anzulachen. Sie sagte ihm nicht, daß sie ein schlechtes Gewissen hatte und daß sie in einem fort daran denken mußte, was ihre Mutter sagen würde, wenn sie nach Haus kam. Josefa hatte sie ausgelacht, weil Nanni Angst vor ihrer Mutter hatte. Erich sollte sie nicht auch noch deswegen verspotten.

Sie machte die Gartentür auf und schlich auf das Haus zu. Da stand in der offenen Tür schon die Mutter und rief: »Jetzt kommt sie!« Daraufhin erschien auch der Vater und wartete auf Nanni. Von beiden war nur der schwarze Umriß zu sehen, weil hinter ihnen das beleuchtete Vorzimmer war, aber Nanni spürte deutlich, wie zornig sie waren.

Sie senkte den Kopf und war schon ganz eingeschüchtert, noch bevor die zu erwartenden Vorwürfe kamen. Sie hatte ja pünktlich sein wollen – ganz bestimmt. Jetzt kam sie bei Finsternis heim. Ihre Schuld war groß.

Die Mutter packte sie bei den Schultern und schüttelte sie. »Ist's jetzt acht?« Ihre Stimme war scharf und schrill.

Ganz finstere Augen hatte die Mutter, wie immer, wenn sie böse war. Aber diesmal waren sie besonders schrecklich. Sie waren groß und starr und wie aus Glas und nicht schwarz, wie man sich finstere Augen sonst vorstellt, sondern blaß und kalt. Nanni fröstelte vor Entsetzen.

»Das hat man davon, wenn man dir zuviel Freiheit läßt!« schrie die Mutter. »Sofort nützt du es aus und treibst dich herum. Das war das erste und letzte Mal, daß du es nur weißt. Von jetzt an bleibst du nach dem Abendessen daheim.«

Nun sagte auch der Vater etwas. Er redete sonst mit Nanni nicht viel, aber nicht, weil er böse, sondern weil er müde war. Er wollte immer nur seine Ruhe haben. »Kannst du dir nicht vorstellen, daß wir uns gesorgt haben?« sagte er. »Wir waren beim Anger und haben dich gesucht. Im ganzen Dorf waren wir, und du warst nirgends. Das darf ein Kind doch seinen Eltern nicht antun.«

Der Vater schrie nicht mit Nanni. Er hatte kein böses Gesicht. Trotzdem taten ihr seine vorwurfsvollen Worte weh. Aber sie spürte auch, daß er froh war, weil sie wieder da war und er sich nicht mehr um sie sorgen mußte. Bald würde er wieder seine Zeitung lesen.

Für Nannis Mutter war noch lange nicht alles gut. Die war so empört und aufgeregt, daß sie schwer atmete, als wäre sie schnell gelaufen. Und jetzt sah sie schon wieder etwas, was sie erboste. Im Brombeergestrüpp hatte Nanni ihr Kleid zerrissen, und außerdem war sie von oben bis unten voll Schmutz. »Wie du ausschaust! Wie ein Zigeunerkind. Und dein Kleid kann ich wegwerfen. Schau nur her, wie du es zerfetzt hast. Ein fast neues Kleid! Man kann dir nichts Schönes kaufen. Gestern der Grasfleck – und heut der Riß!«

Nanni brachte kein Wort heraus. Sie stand zitternd da. Sie wußte, daß es keine Entschuldigung für sie gab. So viel hatte sie verbrochen in letzter Zeit, daß sie gar nicht darüber nachdenken durfte. Die Felder der Bauern verdorrten. Das Vieh litt Durst. Und jetzt war auch noch Nannis Kleid verschmutzt und zerrissen.

Den ganzen Abend redete die Mutter nicht mehr mit ihr. Sie schoß durch die Wohnung und schmiß die Türen zu, daß

sogar der Vater hinter seiner Zeitung zusammenzuckte. Er sagte nichts. Er ging früh zu Bett und hatte kein einziges freundliches Wort mehr für Nanni.
Nanni durfte an diesem Abend nicht lesen und nicht fernsehen. Sie hatte auch gar keine Lust dazu. Sie schlich niedergeschmettert herum und hockte in einem Winkel und schaute die Mutter von Zeit zu Zeit flehentlich an. Aber kein Blick kam zurück. Nanni war ganz allein. Sogar die Dinge schauten aus, als wären sie böse auf sie und wollten nichts zu tun haben mit so einem Kind.
Nanni zog sich aus und wusch sich besonders sorgsam. Sie legte ihr arg mißhandeltes Kleid zurecht, ging zur Mutter, um sich den Gutenachtkuß zu holen, aber die Mutter drehte nur stumm den Kopf von ihr weg. Da schlich Nanni in ihr Zimmer, deckte ihr Bett auf und verkroch sich betrübt in der weichen Finsternis. Sie schlief lange nicht ein, sondern weinte still vor sich hin. Im Dorf schlug jede Viertelstunde die Turmuhr.

Am nächsten Tag in der Früh war die Mutter schon wieder freundlich, aber Nanni war noch immer niedergedrückt. Erst am übernächsten Tag flog ihr Kummer fort. Sie traf wieder Erich und ging mit ihm auf den Anger. Dort waren auch andere Kinder, mit denen sie spielten. Nanni lernte noch ein paar Judogriffe. Sie kam sich schon stark und unbesiegbar vor.
Auch in den nächsten Tagen suchte sie Erichs Nähe. Josefa wich sie aus. Sie ging auch nie an die Rannach. Die Geschichte vom verwunschenen Müller und vom Gold und den Edelsteinen hätte sie am liebsten vergessen. Der kleine Dukaten, den sie an ihrer Halskette trug, war jetzt wieder ihr Taufgeschenk und sonst nichts. Es hätte so weitergehen können, bis der Sommer vorbei war und Nanni in die Stadt in das Internat kam, weit fort von Josefa.
Aber am vierten oder fünften Tag, als Nanni auf den Anger

gehen wollte, stand Josefa vor der Gartentür. Sie trat Nanni in den Weg und fauchte: »Da bist du ja. Die ganze Zeit wart ich auf dich bei der Rannach, und du kommst nicht.«
Nanni war so erschrocken, daß sie keine Antwort gab.
»Ich will wissen, warum du nicht mehr zu der Rannach kommst«, sagte Josefa.
»Ich wär schon wieder gekommen«, erwiderte Nanni kleinlaut.
»Ja, aber wann! Ich weiß schon, was mit dir los ist. Du treibst dich die ganze Zeit mit dem Erich herum. Das paßt mir nicht. Du darfst mit dem Erich nicht spielen.«
»Warum nicht?«
»Weil ich eine Wut auf ihn hab. Er läßt mich bei seinem Judolehrgang nicht mittun. Vorgestern hat mich der gemeine Kerl verjagt.«
Auf einmal war Nanni sehr stolz und freute sich riesig. Sie durfte mitmachen, und Josefa durfte nicht. Das hieß, daß Erich Josefa nicht leiden konnte. Er hatte ja selbst gesagt: »Wen ich leiden kann, der darf mittun.« Sie vergönnte es Josefa, daß er sie nicht mochte. »Ich seh nicht ein, warum ich mit dem Erich nicht spielen soll«, sagte sie. Aber dann schaute sie Josefa an und war still. So böse, gemeine Augen hatte Josefa.
»Paß nur auf«, sagte sie, »wenn ich dich mit dem Erich erwisch, erzähl ich allen Leuten – du weißt schon, was!«
In Nanni wurde es schwarz vor Empörung und Abscheu. Schwarze und böse Gedanken waren in ihr. Wenn Josefa jetzt auf der Stelle gestorben wäre, hätte Nanni bestimmt vor Freude gelacht. Aber Josefa war lebendig und stark wie immer. Sie sagte: »Ich hab noch eine Neuigkeit. Am Spielberg ist ein Waldbrand ausgebrochen.«
»Ein Waldbrand?«
»Ja, weil's so trocken ist. Das wird ein Millionenschaden. An dem bist du auch schuld. Wenn's nur windstill bleibt, sonst verbrennt noch das ganze Dorf.«

Nannis Augen wurden groß und waren voll Angst. »Seit wann brennt's denn?« fragte sie.
»Seit gestern mittag wahrscheinlich. Aber entdeckt haben sie den Brand erst heut in der Nacht, darum hat er schon ziemlich weit um sich gegriffen. Hast nicht die Sirene gehört?«
»Nein. Da hab ich geschlafen.«
»Ich hab sie gehört und gleich gewußt, daß es irgendwo brennt. Bei der Trockenheit haben wir ja direkt darauf gewartet. Die Feuerwehr ist schon ausgerückt. Mein Bruder ist auch dabei, der war schon die halbe Nacht oben. Wahrscheinlich werden sie das Bundesheer anfordern müssen. Und der Wald, der uns gehört, ist auch in Gefahr.«
Da fiel Nanni in ihrer Verzweiflung wieder der Schatz ein. »Wenn ich reich bin, ersetz ich den ganzen Schaden«, sagte sie.
Josefa verzog den Mund. »Und wann wird's soweit sein? Ist die Rannach schon ausgetrocknet?«
»Das weiß ich nicht.«
»Gestern war sie's noch nicht. Heut bin ich noch nicht drüben gewesen. Aber dir ist's ja ganz egal, ob sie austrocknet oder nicht.«
»Das ist nicht wahr, daß es mir egal ist«, wehrte sich Nanni.
»Dann geh mit. Dann schaun wir nach, ob's schon soweit ist!«
Sie liefen über die Wiesen zur Rannach hinüber. Ein bißchen Wasser war noch immer darin. Es sickerte dünn zwischen Steinen und Algenbärten, aber es war noch da, und Josefa war voller Ingrimm. Hingegen war Nanni erleichtert darüber, daß in der Rannach noch Wasser war, obwohl das bedeutete, daß sie noch warten mußte und sie den Schaden morgen noch nicht gutmachen konnte. Aber in ein paar Tagen konnte sie es bestimmt.

Alle Leute redeten über den Waldbrand. Sie sagten, er sei eingedämmt worden und an ganz anderen Stellen wieder aufgeflackert. Zwei Tage brannte das Feuer schon oben auf dem Berg. Bei allen Gelegenheiten hörte Nanni davon, sogar im Fernsehen und im Radio, und es stand auch ganz groß auf der ersten Seite der Zeitung.

Sie war verstört und blieb am liebsten im Haus. Sie hatte Angst davor, in das Dorf zu gehen. Zu Erich wäre sie gern gegangen, aber Josefa erlaubte ihr das ja nicht. Und Josefa wollte sie am liebsten überhaupt nie mehr sehen. So saß sie bei ihren Büchern und las oder half der Mutter beim Wohnungaufräumen. Einmal, als sie aus dem Fenster schaute, sah sie Josefa vor dem Haus auf und ab gehen. Da versteckte sie sich erschrocken hinter dem Vorhang.

Es war fürchterlich heiß und wurde jeden Tag heißer. Die Blumen im Garten verdorrten, und das Gras wurde gelb und welk. Sogar der Himmel wurde vor Hitze ganz fahl und farblos, und die grellweiße Sonne zog über ihn hin und brannte.

Beim Mittagessen sprachen die Eltern über den Waldbrand. Nanni hörte, daß das Feuer auch schon im Laubwald war. »Sie dämpfen es mit Erde«, sagte der Vater, »aber die ist schon so trocken, daß sie fast selbst brennt.«

»Und gar kein Regen in Aussicht«, sagte die Mutter. »Es ist schon unglaublich, was das für ein Wetter ist.«

Nanni schmeckte das Essen nicht mehr. Sie kaute daran herum und mußte sich anstrengen, um es hinunterzuschlukken. Jetzt redete die Mutter auch schon fast wie Josefa, und dabei wußte sie gar nicht, warum es so heiß war.

Nach dem Essen fragte Nanni, ob sie fortgehen durfte, sie wußte selbst noch nicht genau, wohin. Sie hielt es jetzt auch daheim nicht mehr aus. Es war überall schrecklich.

Bevor sie aus dem Garten trat, vergewisserte sie sich, ob nicht Josefa irgendwo stand und ihr auflauerte, um ihr zu drohen und sie einzuschüchtern. Aber der Weg vor dem Haus war Gott sei Dank leer. Nanni schaute zum Spielberg hinüber, auf dem das alte, unbewohnte Schloß stand. Über dem Wald, der den Berg überzog, lag Rauch. Ganz ohne Gedanken fing Nanni zu gehen an und kam zu der Brücke, die über die Rannach führte. Sie überquerte die Brücke und ging ein Stück weiter, bis sie zu einem Bildstock kam, der mit Blumen geschmückt am Feldrain stand. Hier bog sie in einen Karrenweg ein. Sie ging lange zwischen großen Weizenfeldern. Der Weg zog sich weiß und staubig dahin. Zwischen den Karrenspuren wuchs schütteres Gras. Am Wegrand blühte ein Kraut, das Nanni kannte. Es war hellrot und unscheinbar und hieß »Tausendguldenkraut«. Das trocknete die Mutter und kochte daraus einen Tee, wenn Nanni einen verdorbenen Magen hatte. Nanni riß ein Stämmchen ab und biß hinein. Es schmeckte bitter.

Der Weizen auf den Feldern war reif und goldbraun. Die roten Mohnblumen leuchteten feurig darin. Später tauchte ein Maisfeld auf. Es warf einen dünnen Schatten auf den Weg. An den Maiskolben wurden die Bärte schon braun. Im Frühsommer waren sie seidig und zart gewesen. Alles Weiche und Kühle verlor seinen Glanz und wurde trocken und kümmerlich.

Nanni brach einen Kolben ab, obwohl sie wußte, daß das Flurdiebstahl war. Aber sie trug schon so große Schuld, daß es gar nicht mehr zählte. Sie schälte den Kolben aus seinen Hüllen. Zart und glasig saßen die süßen kleinen Körner daran, Reihe an Reihe, bis hinauf an die Kuppe, wo sie so winzig wie Nadelköpfe waren. Nanni biß in den Mais. Er schmeckte milchig und gut und nahm den bitteren Geschmack vom Tausendguldenkraut fort.

Der Karrenweg lief auf den Spielberg zu, und jetzt wußte Nanni auch schon, wohin sie ging. Sie ging das Feuer suchen. Dort auf der Bergkuppe brannte es und kam näher und näher. Es fraß die Bäume und das Heidelbeerkraut und die vielen kleinen Vogelnester. Vielleicht kam es morgen schon nach Grafenweiler.

Der Weg führte unaufhörlich bergauf und wurde zu einem steilen Grabenweg. Nanni kam zu einem Himbeerschlag mit vielen reifen Beeren. Aber sie hatte keine Lust, sie zu pflükken. Ungeduldig stieg sie weiter den Berg hinauf. Der Weg war steinig und aufgerissen. Im Frühjahr floß durch diesen Graben das Wildwasser ab. Es hatte tiefe Furchen in den Boden gewaschen. Nanni kippte mit ihren dünnen Sandalen immer wieder auf den Steinen um und war schon sehr müde. Die Füße taten ihr weh.

Sie verließ den Weg und stieg über eine steile Böschung, auf der Farnkraut und roter Holler wuchsen. Das Gras war rutschig, und Nanni kletterte mit Händen und Füßen. Dann war sie im Wald, auf dem glatten Nadelboden. Der knisterte vor lauter Trockenheit. Nicht einmal hier im Schatten war es kühl. Es war sogar noch stickiger als auf dem Weg. Aus den Baumstämmen rann das flüssige Harz in langen, dünnen Fäden und roch sehr stark.

Auf einmal waren keine Bäume mehr da. Sie waren frisch gefällt, das sah man an den Strünken. Über den baumlosen Streifen lief ein Graben. Die ausgehobene Erde war noch feucht. Weiter oben war sie zu einem langen Wall aufgehäuft. Den hatten wahrscheinlich die Feuerwehrmänner gemacht. Jetzt merkte Nanni auch, daß es nach Rauch roch. Dünne Rauchschleier waren in der Luft. Vielleicht war das aber auch Einbidlung, und Nanni sah zwischen den Bäumen nur Staub, der langsam dahinzog und das Sonnenlicht trübte.

Auf dem glatten, rutschigen Nadelboden war das Bergaufgehen in den Sandalen nicht leicht. Normalerweise wäre Nanni nicht freiwillig weitergegangen. Aber jetzt mußte sie weiter. Sie mußte das Feuer sehen, gerade weil sie so furchtbare Angst davor hatte. Aber ein wenig ausruhen wollte sie doch.

Sie setzte sich auf einen ausgegrabenen Baumstrunk, von dem die erdigen Wurzeln wie Bärte hingen. Sie hörte in der Nähe Männerstimmen und weiter weg ein Schnalzen und Knallen, als sausten Peitschenhiebe durch den Wald. Es war bestimmt gefährlich weiterzugehen. Möglicherweise war es

sogar verboten. Nanni saß unbeweglich da und horchte, und ihr Herz klopfte so stark, daß sie es hörte.
Nach einiger Zeit stand sie auf und kletterte weiter. Sie sprang über den Graben, und wieder ging es bergauf. Der Berg wurde immer steiler und rutschiger unter den Sohlen. Nanni keuchte und setzte die Kanten ihrer Sandalen fest ein. Sie kam zu einem Jungwald, der sehr dicht war. Kratzende Zweige versperrten Nanni den Weg. Sie zwängte sich durch, kam tauchend und rudernd voran, und das stechende Reisig schnalzte ihr ins Gesicht. So kämpfte sie sich weiter, obwohl sie schon ganz zerkratzt war und sie ihre Beine vor Müdigkeit fast nicht mehr spürte. Aber sie mußte trotzdem das Feuer sehen.
Ein Felsklotz lag mitten im Jungwald. Sie begann zu klettern, über scharfe Steinkanten und über schlüpfriges Moos, und auf einmal sah sie den offenen Himmel, leuchtend rot. Wo der Gipfel des Felsbrockens war, war auch der Jungwald zu Ende. Nanni trat aus dem Dickicht und konnte das Feuer sehen. Es hatte drüben hinter einer breiten Lichtung, so weit man schauen konnte, den ganzen Wald erfaßt. Mit aufgerissenen Augen stand Nanni da. Das Feuer war eine hohe, hellrote Wand, die knallte und brauste. Das Totengerippe der Bäume stand schwarz darin. Das dürre Holz gab wenig Rauch. Die feurige Wand war ganz rein und gerade deswegen furchtbar. Die heiße Luft stob zum Himmel hinauf und riß große Funkenwirbel mit. Das sah aus, als wäre ein ganzer Schwarm von brennenden Vögeln aufgeflogen.
Nanni wollte fliehen und konnte es nicht. Sie stand da, als ob sie ein Stück von dem Felsklotz wäre. Sie war wie versteinert, aber innerlich zitterte sie. So starrte sie in das brausende, strahlende Feuer. Es war schön. Es machte den Himmel herrlich rot. Es ließ Sonnen und tanzende Sterne entstehen. Nie hätte Nanni geglaubt, daß es so schön sei. Sie spürte nicht, wie groß die Hitze schon war. Sie sah das Feuer und wollte zu ihm hin. Sie kletterte vom Felsen herunter und stieg

in trockenes Heidekraut. Jetzt hatte sie nicht einmal mehr Angst vor der Glutwand da drüben. Ein paar Schritte ging sie weiter auf das Feuer zu, blieb stehen und warf einen Blick zurück, und hinter ihr sah alles glanzlos und tot aus, verglichen mit dem strahlenden Feuerrot vor ihr. Ein großes Theater wurde dort aufgeführt, und Nanni war zum Mitspielen eingeladen.
Das Feuer zog. Nanni tat noch einen Schritt darauf zu, dann lief sie sogar ein kleines Stück, bis sie sengende Hitze spürte. Da wich sie zurück. Sie stand zwischen jungen Birken mit zartem Laub und sah eine kleine Kiefer nahe vor sich. Die Zweige des Bäumchens waren groß und sahen wie tapsige Hundepfoten aus.
Nanni stand ganz still und horchte. Es raschelte im trockenen Heidekraut. Sie hob einen Fuß und stellte ihn wieder nieder. Sie durfte nicht weitergehen. Es war gefährlich. Aber zurückgehen wollte sie auch nicht. Sie war wie verzaubert. Die Feuerwand vor ihr verdeckte den ganzen Himmel. Zwischen ihr und Nanni war nichts mehr, was die Hitze abhielt, kein Hügel und kein Felsen, hinter den man sich ducken konnte.
Die jungen Birken und die kleinen Kiefern auf der Lichtung schauten verlassen und trostlos aus. Rötliche Lichter zuckten auf ihren Zweigen. Weiter drüben, in der Nähe der Feuerwand, sah Nanni ein paar Büschel Farnkraut stehen. Die krümmten sich plötzlich und fingen zu brennen an.
In diesem Augenblick wurde es Nanni klar, daß die Pflanzen Angst hatten und nicht davonlaufen konnten. Die Erde hielt sie fest. Sie mußten verbrennen. Aus dem Zweig einer Kiefer, die drüben im Farnkraut stand, stieg ein blauer, feingekräuselter Rauchfaden in die Luft. Die Kiefer war ziemlich weit weg und doch deutlich zu sehen. Und dann leuchtete links von Nanni etwas auf. Sie sah das Feuer am Boden weiterkriechen. Es sprang vom Heidekraut zu einem Heidelbeerstämmchen. Die Heidelbeeren platzten auf und verkochten.

Da packte jemand Nanni beim Handgelenk. Sie erschrak und schrie auf und schaute in ein schwarzes Gesicht, in dem weiß und zornig die Augäpfel glänzten. Ein fremder Mann stand vor ihr und zerrte sie fort. Er lief mit ihr auf den Jungwald zu, aus dem sie gekommen war. Er hatte viel Kraft und machte Riesenschritte. Nanni rannte keuchend hinter ihm her. Einmal stolperte sie und wäre fast hingefallen, dabei hätte es ihr beinahe den Arm verrenkt, so fest war der Griff, der sie hielt, und sie mußte weiter.
Es fiel kein Wort. Erst als sie beim Jungwald waren, gab ihr der Mann einen Stoß und brüllte: »Renn!«
Nanni konnte nicht mehr laufen. Am ganzen Körper zitterte sie. Sie starrte dem fremden Mann ins Gesicht. Es war von Schweiß überronnen, der schwarz war und lichte Spuren zurückließ.
Sie stammelte: »Wer sind Sie denn?«
»Ich bin von der Feuerwehr«, sagte der rußige Mann. Und jetzt fiel ihr erst auf, daß er einen Helm auf dem Kopf trug. Er gab ihr noch einmal einen Stoß und schrie sie an: »Verschwind jetzt! Ich schmier dir eine, wenn du nicht abhaust, du dummes Kind. Ich muß weg, das Feuer greift über. Renn!« Er ließ Nanni stehen und stürzte davon, schrie etwas über die Lichtung und gab Zeichen mit der Hand.
Und jetzt erst sah Nanni, daß die Glutwand da drüben in wilde Bewegung gekommen war. Lange Flammen züngelten heraus und waren von Funkenschwärmen umwirbelt. Dann war plötzlich ein schrecklich heißer Sturm da, der Nanni anblies. Sie sah das Feuer über die Lichtung fliegen. Entsetzt schrie sie auf und ließ sich zu Boden fallen. Sie spürte, daß sie auf dem Felsbrocken lag, und kollerte talwärts. Der steile Berghang schützte sie vor dem heißen Sturm.
Nanni flüchtete bergab. Sie nahm den kürzesten Weg, ließ sich einfach ins Dickicht des Jungwalds fallen, und die Zweige kratzten und stachen, aber sie gaben nach. Nanni rannte, kollerte, rutschte und schrie vor Angst.

Als sie zu der zweiten Lichtung kam, über die der frisch ausgehobene Graben lief, sprang sie über den Graben und getraute sich endlich zu rasten. Sie setzte sich auf einen Baumstumpf und keuchte. Ganz zusammengekrümmt war sie von Seitenstechen. Aber die Hitze des Feuers spürte sie hier nicht mehr. Trotzdem rastete sie nicht lange. Es trieb sie weiter. Wieder lief sie den steilen Berghang hinab, bis sie zu einem ausgetrockneten Bach kam. Da war es schattig, und der Boden war kühl. Große runde, fleischige Blätter wuchsen im Bachbett. Nanni saß lange auf einem Stein und ruhte sich aus. Jetzt sah sie, daß sie von den Zweigen ganz aufgekratzt war. An Armen und Beinen blutete sie. Ihr rechtes Knie hatte sie irgendwo wundgescheuert. Nanni wusch sich mit ihrem Speichel das Blut ab. Dann pflückte sie Blätter und legte sie auf ihre brennende Haut. Langsam wurde sie ruhiger und wußte, daß sie hier nicht mehr in Gefahr war.

Der Wald war ganz stumm und leer. Alle Vögel waren fort, und auch die Hasen und Rehe waren wahrscheinlich davon. Was leben wollte, hatte die Flucht ergriffen. Aber die Bäume und Sträucher wollten bestimmt auch noch leben und konnten nicht fort.

Nanni wußte nicht genau, wo sie war. Sie war blindlings geflüchtet und irrte eine Zeitlang umher, bis sie den Feldweg fand, auf dem sie gekommen war. Da sah sie auch die Häuser von Grafenweiler. Sie trottete bedrückt weiter und schaute auf den Weg, der sich grau vor ihr hinzog. Die Sonne stand schon tief. Es war nicht mehr so heiß.

Nanni war über und über verstaubt und voll Fichtennadeln. Sie blieb stehen und putzte sich sorgfältig ab und war sehr erleichtert, daß ihr Kleid nicht zerrissen war. Sie schlüpfte aus ihren Socken und beutelte sie aus und reinigte mit Grasbüscheln ihre Sandalen. Dann fing sie zu laufen an, damit sie zum Abendessen daheim war.

Zu Hause wollte die Mutter wissen, warum sie so zerschunden und zerkratzt war.

»Vom Himbeerpflücken«, sagte Nanni und schämte sich, weil sie log.
»Daß du mir das nicht noch einmal tust! Mit Sandalen in einen Himbeerschlag gehen! Gerade jetzt, wo es so heiß ist, beißen die Schlangen. Man geht nur mit festen Schuhen in einen Himbeerschlag. Merk dir das für die Zukunft!«
»Ja«, sagte Nanni.
Die Mutter war schon wieder zornig und schimpfte schon wieder. Nie schaute sie weg, wenn Nanni schmutzig oder zerkratzt war. Alles sah sie, und alles wollte sie wissen. Sie war fast wie der liebe Gott, der sogar die Gedanken kannte und einen bösen Gedanken bestrafte wie eine böse Tat. Vielleicht fand sie sogar heraus, wo Nanni gewesen war, wenn sie ihr nur lange genug in die Augen schaute.

Am nächsten Tag zu Mittag, als es am heißesten war, sagte die Mutter zu Nanni: »Stell dir vor, Josefas Bruder ist tot.«
»Tot?« fragte Nanni so nebenbei. Sie kannte Josefas Bruder nur flüchtig, und sterben mußten alle Menschen einmal.
»Er ist beim Feuerlöschen verbrannt.«
»Im Wald?«
»Ja, im Wald. Was hast du denn, Nanni?«
Nanni konnte keine Antwort geben. Sie war plötzlich schwindlig und schwach, und ihr Kopf war leer. Sie hatte noch etwas fragen wollen und hatte schon wieder vergessen, was. Ihr war schlecht. Sie hatte das Gefühl, daß sie umfallen würde. Schnell setzte sie sich ins Gras, damit das nicht passierte.
Die Mutter bemerkte nicht, was mit Nanni los war, weil sie sie beim Reden nicht angeschaut hatte; sonst hätte sie gesehen, daß Nanni schneeweiß im Gesicht war. Sie hatte im Garten Petersilie gepflückt und ging ins Haus, um fertigzukochen. Nanni blieb niedergeschmettert im Garten zurück. Am liebsten wäre sie aus der Welt verschwunden, damit sie

niemand mehr fand, auch Josefa nicht. Aber weil sie sich nicht in Luft auflösen konnte, verkroch sie sich zwischen den Sträuchern und legte sich auf den Bauch. Ganz flach, mit ausgebreiteten Armen lag sie da und legte die Wange auf das trockene Gras. Die Erde roch staubig und heiß, fast ein bißchen wie Asche. Allmählich wurde es in Nannis Kopf wieder klar.

Nanni dachte nach. Josefa hatte zwei Brüder. Nein, sie hatte zwei Brüder gehabt, denn einer von ihnen war ja jetzt tot. Der jüngere war erst zwölf Jahre alt und noch zu jung zum Feuerlöschen. So war wohl der ältere im Feuer umgekommen. Er hieß Gustav und hatte schon eine Frau. Vielleicht war er sogar der Mann gewesen, der Nanni von der Waldlichtung fortgejagt hatte. Sie hatte ihn nicht erkannt. Sein Gesicht war rußig gewesen, und unter dem Ruß schauten alle Gesichter gleich aus. Nanni war fortgerannt, und er hatte bleiben müssen. Sie sah ihn vor sich, wie der schwarze Schweiß über sein Gesicht rann. Aber nein, er war wohl doch nicht Josefas Bruder gewesen, sonst hätte er Nanni beim Namen genannt.

Zwischen den Grasbüscheln spähte Nanni zum Gartentor. Immer wieder kam jemand herein und ging auf das Haus zu. Nanni wußte, daß das ihres Vaters Patienten waren. Seine Ordination war im Haus, und es kamen fast täglich Leute. Trotzdem zuckte sie jedesmal zusammen, wenn jemand eintrat. Sie dachte: Josefa hat mich verraten. Jetzt kommen sie. Sie kommen und sagen, daß ich an dem Feuer schuld bin. An der Trockenheit bin ich schuld, an der Mißernte und an allem. Sie wollen von meinem Vater Geld. Aber er hat nicht so viel, daß er den Schaden gutmachen kann. Da rotten sie sich zusammen und kommen mit großem Geschrei. Das ganze Dorf, das ganze Land wird gegen uns sein.

Aber nichts von alldem geschah. Die Leute kamen und gingen, alte und junge, bekannte und unbekannte, und keiner sah erzürnt oder drohend aus. Josefa hatte noch nichts

gesagt, wahrscheinlich, weil sie einen großen Reichtum in Aussicht hatte. Nanni beruhigte sich. Sie dachte an ihren Schatz und stellte sich vor, wie groß und wertvoll er war. Sie ließ vor ihren geschlossenen Augen Kronen, Ringe und goldene Ketten entstehen. Ein Schmuckstück nach dem anderen dachte sie sich aus. Alle funkelten golden und blau und grün und rot. Niemand konnte Nanni etwas tun, solang sie da lag und die Augen geschlossen hatte und ihren Reichtum immer unermeßlicher werden ließ. Wer so viel besaß wie sie, dem gehörte die ganze Welt.
Die Mutter rief zum Mittagessen, und Nanni erschrak. Sie ließ sich nur ungern aus ihren Gedanken reißen. Als sie aufstand und ins Haus ging, war sie wieder verzagt. Sie sah nicht mehr funkelndes Gold und Edelsteine, sondern Josefas toten Bruder vor sich.
Der Vater saß schon bei Tisch und blätterte in der Zeitung. Die Mutter trug den Topf mit Suppe auf. Der Dampf stieg in ihr schmales, strenges Gesicht. Dann setzte sie sich nieder und wischte sich über die Stirn. »Sitz gerade!« sagte sie zu Nanni.
Nanni legte die Knie aneinander und machte gehorsam den Rücken steif. Die Mutter überwachte sie ununterbrochen. »Iß schneller. Und die Suppe beißt man nicht.«
Nanni schluckte die heiße Suppe hinunter. Sie gehorchte jedem Befehl so rasch, als hätte sie ihn sich selbst gegeben.
»Schau beim Essen auf den Teller!«
Nanni senkte den Blick.
»Hör auf zu schlürfen!«
Nanni hörte damit auf und legte auch gleich den Löffel aus der Hand. »Ich mag nicht mehr essen. Mir ist zu heiß.«
»Bist du krank?«
»Nein, nein. Ich hab einfach keinen Hunger.«
Die Mutter hob rasch und entschlossen die Hand und legte sie auf Nannis Stirn. »Dein Kopf ist nicht heiß. Fieber hast du keins. Also iß. Oder schmeckt dir die Suppe nicht?«

»O ja«, erwiderte Nanni und aß, aber nicht so schnell, wie sie essen sollte. Jetzt fiel ihr ein, was sie hatte fragen wollen, draußen im Garten, als ihr Kopf so leer gewesen war. »Wann wird denn das Begräbnis sein?« fragte sie.

»Was für ein Begräbnis? Ach, das von Gustav meinst du.« Die Stimme der Mutter veränderte sich. »Von dem ist angeblich nicht mehr viel übriggeblieben.«

Der Vater mischte sich ins Gespräch. »Er soll furchtbar geschrien haben.«

»Ich hätte geglaubt, daß er erstickt ist«, sagte die Mutter.

»Ja, später wahrscheinlich schon, aber nicht am Rauch. Das Holz im Wald ist so trocken, daß es beim Brennen fast keinen Rauch gibt. Wenn er erstickt ist, dann höchstens am Sauerstoffmangel, weil das Feuer den ganzen Sauerstoff aus der Luft zieht.«

»Warum hat ihn denn niemand herausgeholt?«

»Weil das nicht mehr möglich gewesen ist. Er war schon vom Feuer vollkommen eingekreist. Da hätten die anderen auch ihr Leben riskiert.«

»So ein fürchterlicher Tod.«

»Das kann man wohl sagen.«

Das Gespräch ging noch lange so weiter, und Nanni hörte zu. Sie biß appetitlos an ihrem Essen herum. Es wurde immer mehr in ihrem Mund. Sie konnte es fast nicht hinunterschlucken. Am liebsten hätte sie sich im Haus verkrochen, dort, wo es am stillsten und am finstersten war, im Keller oder auf dem Dachboden beim Gerümpel, und wäre nie, nie mehr hervorgekommen. Nie wieder wäre sie dann Josefa begegnet, und nie mehr hätte sie etwas vom Waldbrand gehört. Niemand sollte sie suchen. Vielleicht schlief sie ein und starb. Zum ersten Mal in ihrem Leben wünschte sie sich das.

Am Nachmittag ging sie trotzdem zur Rannach. Sie wollte die Mühle sehen und an ihren Reichtum denken. Alles wurde besser und leichter, wenn sie das tat.

Sie sah, daß in der Rannach kein Wasser mehr war. Nicht einmal ein feuchter Schimmer war auf den Steinen. Nanni wanderte ein Stück das Flußbett hinauf. Überall war nur weißer, trockener Schotter. Er leuchtete so grell, daß es beim Hinschauen weh tat.

Nanni hätte sich freuen müssen. Aber sie freute sich nicht. Sie war nur verwirrt. Natürlich wollte sie in der Nacht zu der Mühle gehen und sich das Gold und die Edelsteine holen, genauso, wie sie es sich ausgedacht hatte. Aber nicht heute, sondern irgendwann.

Nanni suchte Wasser in der Rannach. Sie strich an den Ufern entlang und hob Grasbüschel auf, weil sich dort im Schatten das Wasser am längsten hielt. Aber das Flußbett war vollkommen ausgetrocknet. In einer Mulde, die einmal ein Tümpel gewesen war, fand Nanni einen toten Fisch. Er roch schon ekelhaft, und Fliegen saßen auf ihm. Vom letzten Hochwasser waren überall Baumäste liegengeblieben. Sie hatten weiße Krusten von trockenem Schlamm. Beim Wehr, wo der Schlamm noch ein wenig feucht war, hüpften Vögel herum, wahrscheinlich, um Würmer und Insekten zu suchen. Das ganze Flußbett war still und weiß und sehr häßlich. Es sah aus, als würde die Rannach nie wieder ein fröhlicher Fluß sein, der mit klaren Wellen unter dem blauen Himmel dahinrann. Sie war bleich und tot, und auch daran war Nanni schuld.

Auf einmal wollte Nanni nicht mehr allein sein. Sie hatte den großen Wunsch, mit Kindern zu spielen. Sie wünschte, Erich wäre bei ihr und sie bauten miteinander eine Burg aus Schlamm. Aber sie durfte ja nicht mehr zu Erich gehen. Josefa hatte es für immer verboten.

Trotzdem ging Nanni nicht nach Haus. Sie lief querfeldein zum Dorfplatz von Grafenweiler. Dort hatte Erichs Vater einen Gasthof, weil er zugleich Bauer und Gastwirt war.

Vielleicht war Erich daheim und kam zu Nanni heraus. Josefa sah es ja nicht, die wohnte auf dem Berg. Wahrscheinlich blieb sie sowieso heute zu Haus und weinte den ganzen Tag, weil ihr Bruder tot war.

Nanni setzte sich neben das Kriegerdenkmal. Dort stand eine Bank, und ein kühler Brunnen war da. Aus dem Brunnenrohr floß helles, gutes Wasser. Nanni hielt den Mund darunter und trank, denn sie war sehr durstig. Dann setzte sie sich auf die Bank und baumelte mit den Beinen. Der Dorfplatz war ganz leer. Niemand kam in die Hitze heraus. Nur hie und da fuhr ein Auto durch Grafenweiler.

Nanni las die Inschrift auf dem Heldendenkmal. »Die Heimat ihren gefallenen Söhnen« stand da, und darunter standen viele Männernamen in schwarzen Buchstaben auf dem grauen Stein. Die meisten Familiennamen kannte Nanni, aber die gefallenen Soldaten hatte sie nicht gekannt, so lange war es her, daß diese Männer gestorben waren. Damals hatte Nanni noch gar nicht gelebt.

Nanni saß da und wartete auf Erich. Sie schaute die Blumen an, die rund um das Denkmal wuchsen, und horchte auf das Plätschern des Wasserstrahls. Ein Hund kam vorbei und trank Wasser am Brunnen. Nanni rief ihn zu sich und streichelte ihn. Es war ein großer Bernhardiner mit zottigem Pelz. Bestimmt mußte er sehr leiden, weil es so heiß war. Er wedelte mit dem Schwanz und schaute Nanni gutmütig an. Gern ließ er sich von ihr den Rücken kraulen. Sie kannte ihn. Er gehörte dem Fleischer und hieß Barry, wie die meisten Bernhardinerhunde. »Du bist brav!« sagte Nanni, und er freute sich. Er legte sich zu ihren Füßen nieder.

Nanni war wieder froh. Ein Freund war bei ihr, fast wie Erich, auch wenn sie nicht mit ihm reden konnte. Josefa konnte ihm nicht erzählen, daß Nanni an so furchtbaren Dingen schuld war. Er würde nie auf Nanni böse sein.

Über den Dorfplatz kam plötzlich eine dunkle Gestalt, und das war Josefa. Nanni glaubte zuerst, es sei eine alte Frau, die da kam, denn sie hatte noch nie ein Kind in schwarzen Kleidern gesehen. Sogar Josefas Strümpfe waren schwarz.

Sie trug zwei Wassereimer in ihren Händen. »Grüß dich«, sagte sie und stellte die Eimer nieder. Nanni wunderte sich, daß sie nicht verweint war. Sie hatte rote Wangen und glänzende Augen.
»Jetzt muß ich schon Eimer schleppen«, sagte sie. »Und alles nur, weil unser Traktor in Reparatur ist. Und weil bei uns auf dem Berg kein Wasser mehr ist. Weil's so trocken ist. Wegen dir muß ich Eimer schleppen.«
Sie hob einen der beiden Eimer mit Schwung auf das Brunnenbecken. Dabei stieß sie Barry weg, weil er ihr im Weg war. »Verschwind, blödes Hundsvieh«, sagte sie ärgerlich. Gekränkt schaute Barry sie an und ging fort.
Das Wasser rann in den Eimer und füllte ihn langsam. Nanni schaute voll Angst in Josefas Gesicht.
»Das vom Gustav wirst ja schon gehört haben«, sagte Josefa.
Nanni nickte und senkte den Kopf. Es war alles so schrecklich. Sie wollte Antwort geben und konnte es nicht. Nicht ein einziges Wort brachte sie über die Lippen.
»Dreiundzwanzig Jahr ist er erst gewesen«, sagte Josefa. »So ein junger Mensch! Und zwei unversorgte Kinder sind auch da.«
Nanni wußte nicht genau, was unversorgte Kinder waren. Sie stellte sich vor, daß sie Hunger leiden und im Winter barfuß gehen mußten, wie die armen Kinder in den Märchenbüchern. Sie gingen von Haus zu Haus und bettelten um Brot.
Josefa hob den vollen Eimer vom Brunnen und stellte den leeren unter den Wasserstrahl. »Er hat furchtbar um Hilfe geschrien«, sagte sie. »Aber es hat ihm keiner mehr helfen können.«
Ganz genau erzählte Josefa den Unglücksfall, wie sich alles abgespielt hatte und wie es dazu gekommen war. Sie schilderte auch, wie Gustav ausgeschaut hatte, als sie ihn später doch geborgen hatten, und das war entsetzlich. Dabei

vergaß Josefa den Eimer und ließ das Wasser überrinnen. Ihre Stimme klang trübselig, aber ihre Augen glänzten wie immer. Sie schaute aus wie jemand, der sich sehr wichtig vorkommt. »Und alles nur, weil's so trocken ist«, jammerte sie. »Wenn's nicht so trocken wär, wär der Waldbrand nicht ausgebrochen.«

Nanni starrte in das Wasser und rührte sich nicht. Der Brunnen lag jetzt im vollen Sonnenschein da, und der Brunnenstrahl glänzte. Das Wasser, das über den Eimerrand rann, sah wunderbar rein und kühl aus und blitzte im Licht. Aber in Nanni war Qual und Finsternis. Gern hätte sie auf das Plätschern des Brunnens gehört und nicht auf die schwarze Josefa, die immer noch da war und ohne Unterlaß schlimme Dinge erzählte. »Die Veronika«, sagte sie, »hat seit gestern ein Nervenfieber.«

»Wer ist das?« fragte Nanni.

»Seine Frau. Sie liegt die ganze Zeit im Bett und weint und wimmert.« Nanni zitterte und wäre am liebsten davongelaufen.

»Warst heut schon bei der Rannach?« fragte Josefa.

»Ja.«

»Ich auch. Jetzt ist wirklich kein Wasser mehr drin. Also gehst heut nacht?«

»Wohin?«

»Geh, frag nicht so blöd. Den Schatz holen, damit ich zu meinem Geld komm.«

Nanni erschrak. Heute nacht – das war noch zu früh. Sie mußte sich eine Ausrede einfallen lassen. »Heut nacht wird's noch nicht gehn. Es muß nämlich Vollmond sein.«

»Und wann ist der nächste Vollmond?«

»Das weiß ich nicht.«

Josefa riß zornig den Eimer vom Brunnen. »Bist du wahnsinnig?« fauchte sie. »Du weißt nicht, wann Vollmond ist? Mir scheint, dir ist's ganz egal, ob du dir den Schatz holen kannst oder nicht.«

»O nein, das ist mir nicht egal«, wehrte sich Nanni. »Ich war nur aufgeregt wegen dem Waldbrand und wegen Gustav. Drum hab ich heut noch nicht auf den Kalender geschaut.«
»Hättest längst schauen können. Ich hätt auch geschaut. Aber du hast mir ja nicht gesagt, daß Vollmond sein muß. Du bist ja viel zu blöd für so wichtige Sachen. Den Regen hast fortzaubern können. Sonst kannst nix.«
Nanni wurde immer verzagter. Sie ließ die Schultern hängen und seufzte tief. Bald würde sie die Tränen nicht mehr zurückhalten können. Im Hals saß ihr ein dicker Klumpen, der weh tat. Warum nur war sie hierher auf den Dorfplatz gekommen! Sie wünschte, daheim zu sein und sich an nichts zu erinnern.
Josefa sagte: »Unser Wald brennt jetzt auch schon. Du hast keine Ahnung, was für ein Schaden das wird. Du wirst uns schon alles geben müssen, den Schmuck und das ganze Gold. Da hilft dir kein Herrgott mehr.«
Es hatte so kommen müssen. Aller Reichtum war dahin, und Nanni konnte nichts tun und sich nicht wehren. Warum nur mußte Josefa so schwarz, bis in die Strümpfe schwarz und in Trauer sein?
»Darf ich überhaupt nichts behalten?« fragte sie.
»Na ja, ich laß dir halt tausend kleine Dukaten. Die sind immerhin dreihunderttausend Schilling wert. So viel steht dir gar nicht zu, aber ich laß dir's.«
»Das ist lieb von dir«, sagte Nanni und lächelte dankbar. »Dreihunderttausend Schilling sind sehr viel Geld.« Aber in Wirklichkeit war sie tief bekümmert. Josefa würde so reich wie eine Königin sein und mußte dann keine schwarzen Kleider mehr tragen. Sie würde ganz golden sein und vor Diamanten glänzen. Vielleicht war dann auch das Haus, in dem sie wohnte, aus Gold. Sie würde in einem goldenen Auto fahren, das über und über mit Edelsteinen geschmückt war. Und Nanni stand an der Straße und schaute ihr nach.

Josefa lachte. »Warum gaffst mich denn so an?«
»Nur so«, sagte Nanni. Sie senkte beschämt den Blick.
»Also, schau nach, wann der nächste Vollmond ist«, sagte Josefa. »Und weh dir, wenn du was falsch machst und alles verpatzt. Dann passiert was.«
»Ich werd ganz bestimmt nichts falsch machen«, sagte Nanni. Sie atmete auf, als Josefa die Eimer nahm und ging. Eine Weile blieb sie noch neben dem Brunnen sitzen und sah dem reinen, glitzernden Wasserstrahl zu. Sie hoffte, daß Barry wiederkäme, damit sie ihm über das Fell streichen konnte und er sie freundlich anschaute. Aber Barry blieb fort.

Als Nanni heimkam, traf sie im Garten die Mutter an, die Wäsche an die Leine hängte. Sie ging zu ihr hin und wollte ihr den Begrüßungskuß geben, aber die Mutter hatte keine Zeit für Nanni. Sie hatte die Hände voller Wäsche und Wäscheklammern, schaute Nanni nur flüchtig an und schickte sie in das Haus.
Nanni wollte zuerst in ihr Zimmer gehen, doch das hatte Nachmittagssonne und war sehr heiß. So ging Nanni in die Küche. Dort war es kühler. Es war sauber darin aufgeräumt. Der Tisch war mit einem Tuch bedeckt, der Propangasherd trug seinen weißemaillierten Deckel, und die klargeputzten Fensterscheiben strahlten. Die Küchenuhr tickte fein und genau. Alle Sachen waren dort, wo sie hingehörten.
Nanni suchte den Vater. Sie wollte ihn fragen, wann Vollmond war, und sie hoffte, daß er dann sagte: »Das dauert noch lang.« Aber der Vater war nirgends im Haus zu finden. Wahrscheinlich machte er einen Krankenbesuch.
Nanni ging in die Küche zurück und suchte eine Weile herum, bis sie eine Zündholzschachtel fand. Sie rieb ein Zündholz an und hielt es nach unten, bis das Feuer des brennenden Köpfchens das Holz ergriff, dann richtete sie

es auf und ließ es wie eine Kerze brennen. Langsam näherte sie ihre offene Hand der Flamme und wußte, daß es verboten war, das zu tun. Nichts war ihr so streng verboten, wie mit dem Feuer zu spielen. Aber das da war ja kein Spiel. Es war schrecklicher Ernst für Nanni. Als sie die Hitze spürte, erinnerte sie sich an gestern. So war es gewesen, als sie auf der Lichtung gestanden war und der Wind die Flammen herübergetrieben hatte. Da hatte Nanni, bevor sie geflohen war, einen Augenblick lang einen sengenden Schmerz gespürt. Es wäre unmöglich gewesen, stehenzubleiben oder gar noch näher zum Feuer zu gehen. Niemand konnte so etwas aushalten, dachte Nanni. Aber Gustav hatte nicht fortlaufen können. Rings um ihn war das Feuer gewesen und war immer näher gerückt. Sie konnte nicht ausprobieren, wie das gewesen war. Es war jetzt schon entsetzlich heiß in der Nähe der Zündholzflamme. Heißer konnte es nur in der Hölle sein.
Da traf Nanni ein Schlag. Es dröhnte in ihrem Kopf. Das Zündholz fiel zu Boden und erlosch. Die Mutter stand wie aus dem Boden gezaubert vor Nanni und hielt den leeren Wäschekorb unter dem Arm. Sie schimpfte: »Bist du verrückt geworden? Weißt du nicht, was passieren kann, wenn man mit dem Feuer herumspielt? Dein Kleid kann Feuer fangen, und du verbrennst. Oder das ganze Haus kann niederbrennen.«
Nanni hielt die Hand an die Wange, die noch von der Ohrfeige weh tat. Sie war entsetzt und gekränkt, denn die Mutter schlug sie nur selten, und immer war es für Nanni ein Weltuntergang. Ihre Augen wurden ganz blank und hart. Die Mutter war jetzt ihre Feindin, fast so wie Josefa.
»Was hast du mit dem Zündholz machen wollen?«
Nanni sagte es nicht. Sie war vor Empörung stumm.
»Ich möchte Antwort. Was war das für eine Dummheit?«
Es ist keine Dummheit gewesen, dachte Nanni.
»Willst du reden oder nicht?«

Nanni schüttelte den Kopf. Ihre Lippen waren fest zu. Sie dachte: Ich sag es ihr nicht. Ich werd es ihr ewig nicht sagen. Sie ist eine schlechte Mutter.
Die Mutter schaute sie aufmerksam an und stutzte. »So, so, jetzt bist du eingeschnappt«, sagte sie. »Kannst du dir nicht vorstellen, daß ich mich um dich sorge, Nanni? Glaubst du, ich strafe dich gern? Das tut mir so weh wie dir. Aber wenn du nicht mit mir reden willst, laß es halt bleiben.« Jetzt war die Mutter nicht mehr zornig. Auch sie war gekränkt.
Da flüsterte Nanni wider Willen: »Ich hab nur ausprobieren wollen, ob das Verbrennen weh tut.«
Die Mutter schüttelte den Kopf und sagte: »So was tut man nicht. Sei froh, daß du lebst und gesund bist.« Ihre Stimme und ihre Augen waren noch immer streng. »Du mußt mir versprechen, daß du das nie mehr tun wirst.«
»Ja.«
Die Mutter hantierte beim Herd herum. Sie klappte den weißemaillierten Deckel auf und hielt den Gasanzünder an den Brenner. Es klickte, ein kleiner Funke sprang über, und eine blaue Flammenkrone stand da.
»Wenn ich mir's aussuchen könnte«, sagte die Mutter, »dann möchte ich anders als durch Feuer sterben.«
»Und das Ersticken? Tut das auch sehr weh?«
»Ich hab's noch nicht ausprobiert. Es muß aber schlimm sein. Ich stell mir's noch ärger als das Verbrennen vor.«
Nanni sagte eine Zeitlang nichts. Sie konnte es nicht, denn sie hielt den Atem an. Das ging am Anfang ganz leicht und machte ihr gar nichts. Dann wurde es immer schwerer und tat weh, und dann kam der Augenblick, wo Nanni es nicht mehr aushielt. Sie konnte nicht anders, sie mußte Atem holen. Sie spürte, wie die Luft in ihre Lungen hineinschoß und wie ihre Brust sich dehnte. Sie war erlöst und befreit. Aber wie war das bei Gustav gewesen, als er es nicht mehr ausgehalten hatte? Er war erstickt. Nanni schauderte. Sie wollte nicht daran denken. Es mußte unvorstellbar schlimm

gewesen sein. Nicht atmen zu können, und dazu noch das Feuer!

»Mutter«, fragte Nanni, »hast du mich gern?«

»Aber Nanni! Das ist ja selbstverständlich. Alle Mütter haben ihre Kinder gern.«

»Die schlechten Kinder auch?«

»Das weiß ich nicht. Du bist ja kein schlechtes Kind. Du bist ja brav.«

»Und wenn ich schuld daran wäre, daß jemand gestorben ist?«

»Jetzt hör aber auf! So was sagt man nicht. Dann wärst du ja eine Mörderin.«

Nanni fragte nicht weiter. Ihre Augen wurden groß. Eine Mörderin! O Gott! Die Mörder waren die schlechtesten Menschen, die es nur gab. Sie kamen ins Gefängnis, und jeder verabscheute sie. Nanni spürte ein Gruseln auf ihrer Haut. Ich muß vielleicht auch ins Gefängnis, dachte sie.

Die Mutter stand beim Tisch und putzte Karotten. »Komm, hilf mir, du kannst sie raspeln«, sagte sie. Sie drückte Nanni das Reibeisen in die Hand. Nanni hatte so zittrige Knie, daß sie sich niedersetzte. »Steh auf! Beim Arbeiten steht man!« sagte die Mutter. »Was wirst du denn später als alte Frau tun, wenn du es dir schon jetzt als Kind so bequem machst?«

Nanni stand auf und hielt das Reibeisen fest. Als sie es an den Boden des Kochtopfs drückte, rutschte es weg, weil auch Nannis Hände zitterten. Die Mutter hatte es noch nicht bemerkt.

Nanni raspelte eine Karotte und dann eine zweite. Sie war sehr ungeschickt und brauchte viel Zeit dazu. Die dritte Karotte war dünn und spröd und brach ab. Nanni kam mit der Hand an das Raspeleisen und schnitt sich. Sofort fing der wunde Finger zu bluten an. Ein paar Blutstropfen fielen auf die geraspelten Karotten im Kochtopf. Nanni hatte einen kleinen Schrei ausgestoßen, obwohl ihr der Schnitt am Finger fast gar nicht weh tat. Sie war nur erschrocken. Die Mutter schaute sie an und riß ihr den Topf aus der Hand. »Ach Gott, was bist du nur für ein Tolpatsch, Kind!« Sie warf die angebluteten Karotten zum Abfall, trug den Kochtopf zum Wasserhahn und wusch ihn aus, und ihr Gesicht war dabei ganz rot vor Zorn, als hätte Nanni den größten Schaden angerichtet. »So was Ungeschicktes«, schimpfte sie vor sich hin. »Man kann dich nichts tun lassen. Gleich passiert ein Malheur.« Sie kam mit dem Kochtopf zurück und stieß Nanni vom Tisch weg. »Ich bin schneller fertig, wenn ich die Arbeit allein mach. Tu ein Pflaster auf deinen Finger, und schau, daß du wegkommst. Ich brauch dich nicht. Ich bin froh, wenn ich dich nicht seh.«

Schweigend und tief gekränkt zog sich Nanni zurück. Sie dachte: Es ist ja gar nicht wahr, daß sie mich gern hat. Sie redet nur so. In Wirklichkeit mag sie mich nicht. Aber wenn ich einmal reich bin, wird sie mich mögen.

Es war ein Glück, daß es den Schatz in der Mühle gab und daß die Rannach schon ausgetrocknet war. Als Nanni dieser glückliche Umstand einfiel, vergaß sie, daß sie beleidigt worden war.

»Du, Mutter«, fragte sie, »wann ist denn Vollmond?«

»Das weiß ich nicht, und es interessiert mich auch nicht.«

Die Mutter ärgerte sich noch immer über Nanni. Sie raspelte wie wild die Karotten in den Topf und hatte zornige Falten zwischen den Augenbrauen.

Ich hab ja nichts angestellt, dachte Nanni. Ich war ja nicht schlimm. Ich hab mich nur in den Finger geschnitten.

Die kleine Wunde tat auf einmal weh. Noch immer quoll Blut heraus. Nanni wischte es ab. Dann nahm sie ein Pflaster aus der Hausapotheke und klebte es sich auf den Finger. Sie tat alles stumm und ging wortlos aus dem Haus.

Im Garten warfen die Sträucher schon lange Schatten. Die Sonne war im Untergehen. Wenn der Vater von seinen Visiten heimkam – und er kam meistens spät –, konnte Nanni

ihn fragen, wann der nächste Vollmond war. Vielleicht wußte er es.
Nanni war unschlüssig, was sie tun sollte, bis er kam. In ihrem Kopf ging es drunter und drüber. Sie hatte Angst und war schuldbewußt und mußte immer wieder an Gustav denken, und sie war auch voll Groll über ihre Mutter und wäre am liebsten weit von ihr fortgegangen. Aber sie konnte erst fortgehen, wenn sie reich war. Dann konnte sie überall wohnen und sich was zu essen kaufen, wie im Urlaub, und alle Leute würden ehrerbietig und höflich sein. Wahrscheinlich mußte sie dann aber gar nicht fortgehn. Die Mutter würde sie anflehen, daß sie bei ihr blieb. Sie würde Nanni um Verzeihung bitten, und Nanni würde sagen: »Ja, ja, ist schon gut!«
Nanni hatte sich auf ihre Schaukel gesetzt, die zwischen zwei Fliederbüschen aufgestellt war, berührte mit den Zehenspitzen den Boden und wiegte sich leicht hin und her. Sie dachte an kommende Zeiten und nicht mehr an Gustav. Die kommenden Zeiten würden sehr schön und angenehm sein. Alles wird wieder gut werden, dachte Nanni.
Die Sonne stand schon goldrot hinter den Bergen. Eine schwarze Bergkuppe hatte bereits das unterste Stück ihrer Scheibe abgeschnitten. In den nächsten Minuten würde sie ganz verschwunden sein. Nanni schaute nach Osten. Da sah sie den Mond. Er kam riesig und silbern aus der Tiefe heraufgeschwebt und schaute im ersten Moment wie der Vollmond aus. Aber dann sah Nanni, daß er ein bißchen einseitig war. Er sah aus, als wäre er gestern rund gewesen – oder als würde er es morgen sein. Nanni kannte den Unterschied zwischen dem zunehmenden und dem abnehmenden Mond nicht. Sie wünschte brennend, er möge im Abnehmen sein. Dann hatte sie viele Tage, um sich auf den nächsten Vollmond zu freuen. Wenn er aber im Zunehmen war, dann war morgen Vollmond. Bei dem Gedanken wurde es Nanni flau. Morgen, das war noch zu früh. Darauf war sie nicht vorbereitet.

Morgen war fast wie heute, überhaupt jetzt am Abend. Noch einmal schlafen gehen, dann war es da.
In ihrer Aufregung stieß sich Nanni mit den Zehen vom Boden ab. Die Schaukel fing mit ihr zu schwingen an. Nanni tauchte nach. Jetzt flog sie schon durch die Luft. Bei jedem Auf und Nieder wehte ihr Haar. Sie schaukelte lange und hoch, aber ohne rechtes Vergnügen. Die Sonne war schon weg, und der Mond war höher gerückt. Der Abendstern war auch schon da und glänzte. Nanni hörte die Grillen zirpen und flog durch die Luft.
Mit dem Abendessen wurde es spät, wie immer, wenn der Vater am Nachmittag unterwegs war. Jetzt hörte Nanni sein Auto näher kommen. Die Scheinwerfer leuchteten auf. Es hielt vor dem Gartentor. Nanni bremste die Schaukel und lief, um das Gartentor aufzumachen. Sie sah des Vaters Gesicht durch die Windschutzscheibe. Er lächelte, aber er sah müde und abgespannt aus. Er mußte jetzt auch noch eine Urlaubsvertretung machen, weil der Arzt, der in der Nachbargemeinde wohnte, in Spanien war.
Er fuhr sein Auto in die Garage und stieg aus. Nanni hüpfte vor Freude, weil er da war. Sie hatte den Vater gern, er war still und gut. Er war nur immer zu müde, um mit Nanni zu spielen oder ihr zuzuhören, wenn sie ihm etwas erzählte.
»Grüß dich«, sagte er nur und tätschelte ihre Wangen. Dann hob er seine Tasche aus dem Auto und ging in das Haus. Nanni lief hinter ihm her. Sie bemühte sich, still zu sein, obwohl sie viel auf dem Herzen hatte, besonders die eine Frage, von der so viel abhing ... Aber sie fragte nicht. Es war noch zu früh.
Das Abendessen war schon fertig. Die Schüssel mit den Unglückskarotten stand auf dem Tisch und dampfte. Es gab dazu gebratenen Leberkäse. Der Vater fing stumm und hastig zu essen an.
Die Mutter war nicht mehr böse auf Nanni. Sie redete schon wieder ganz freundlich mit ihr. Bei ihr kam das immer sehr

schnell und ging schnell vorbei, aber Nanni konnte es lange nicht vergessen. Sie schaute das Pflaster auf ihrem Finger an und dachte: Wenn ich einmal reich bin, laß ich mich nicht mehr anschreien von ihr.
Nach dem Abendessen wollte der Vater in Ruhe die Zeitung lesen. Nanni wußte das und störte ihn nicht. Die Mutter schaltete den Fernseher ein, aber Nanni hatte heut keine Lust zum Fernsehen.
»Bitte, darf ich ein Buch anschauen?« fragte sie.
»Na freilich, wenn du darauf aufpaßt. Was möchtest du denn für ein Buch?«
»Das mit den Edelsteinen«, sagte Nanni.
»Nimm es dir«, sagte die Mutter. »Du weißt, wo es steht.«
Nanni holte das Buch aus dem Bücherkasten. Es war ein Bildband und hieß »Die Kronjuwelen der Welt«. Schon oft hatte Nanni es angeschaut, besonders in letzter Zeit, seit der Regen fort war. Aber auch früher hatte sie gern darin geblättert, weil es ein Buch voller Herrlichkeiten war.
Sie sah die großen Kronen, wie sie die Könige trugen, und die kleinen, zierlichen Kronen der Königinnen. Sie schaute Halsketten, Ringe und Armbänder an. Jedes Stück war anders und auf besondere Weise schön. Manche Kronen hatten eigene Namen, und zu vielen wurde eine besondere Geschichte erzählt. Da gab es die englische St.-Edwards-Krone oder die dreifache Krone des Papstes, die Tiara. Diese war besonders schön. Sie sah aus wie ein hoher Helm und war eigentlich aus drei Kronen zusammengesetzt, die rundherum eine wunderbare Verzierung aus Blumen und Blütenranken und Edelsteinen trugen. Ein kleines strahlendes Kreuz stand auf der obersten Krone. So herrliche Kronen waren bestimmt auch beim Schatz des Müllers.
Da fiel Nanni ein, daß sie ja nichts behalten durfte. Sie mußte alles Josefa geben, bis auf tausend Dukaten, das war nicht sehr viel. Betrübt hob Nanni den Blick von den Bildern der Kronjuwelen. Sie waren jetzt nicht mehr so schön, weil sie

Josefa gehörten. Sie verloren ihren Glanz und ihren Wert für Nanni. Aber schon hatte Nanni eine großartige Idee. Josefa war ja nicht dabei, wenn sie zu der Mühle ging, um den Schatz zu holen. Sie wußte nicht, daß bei den Kostbarkeiten auch die Tiara war. Das wußte ja Nanni selbst erst seit ein paar Minuten. Nanni würde die Tiara wegnehmen und verstecken. Sie würde sie irgendwo in der Erde vergraben, und später würde sie hingehen und sie holen. Ja, und die St.-Edwards-Krone verstecke ich auch, dachte Nanni. Die Kronjuwelen grabe ich ein und hole sie später. Alles, was schön ist, gehört mir, das ist nichts für Josefa. Die kriegt sowieso noch genug.
Aber damit der Schaden ersetzt werden konnte, den Josefas Vater durch die Trockenheit und den Waldbrand hatte, und damit auch der schreckliche Tod von Gustav gesühnt war, erfand Nanni zehn große Säcke voll Diamanten und stellte sie in Gedanken zu dem Schatz. Die waren bestimmt viele Milliarden Schilling wert. Aufseufzend schloß sie das Buch und war zufrieden.
Nanni sah, daß der Vater die Zeitung weggelegt hatte. Er wollte aufstehen und zum Fernsehen gehen. Jetzt war der rechte Moment für ihre wichtige Frage. »Vater«, sagte sie, »weißt du, wann Vollmond ist?«
Der Vater hatte keine Freude an ihrer Frage. »Warum willst du denn *das* schon wieder wissen, Nanni? Ich weiß es nicht auswendig. Ich müßte im Kalender nachsehn.«
Er schaute sie hoffnungsvoll an. Sie wußte, was er jetzt dachte. Er hoffte, daß ihre Frage nicht so ernst gemeint war, daß Nanni wegging und ihn in Ruhe ließ. Er war wirklich sehr müde und interessierte sich nicht für den Mond. Aber weil Nanni immer noch neben ihm stand und ihn unverwandt anschaute, zuckte er die Achseln und sagte: »Na komm!«
Er führte Nanni in seinen Ordinationsraum, nahm einen Taschenkalender von seinem Schreibtisch, schlug ihn auf und blätterte eine Weile darin. Dann sagte er: »Morgen ist

Vollmond, Nanni!« Er zeigte ihr das Kalenderblatt mit dem Datum des morgigen Tages, das in der rechten unteren Ecke mit einem kleinen Kreis bezeichnet war. »Siehst du, der Kreis bedeutet, daß Vollmond ist. Wenn der Kreis schwarz ist, dann ist Neumond, so wie hier.« Der Vater blätterte vierzehn Tage weiter.

»Aha«, sagte Nanni, »danke!« Sie war bedrückt. Morgen war also schon Vollmond und nicht erst nach vielen Tagen. Sie hatte vor Aufregung Herzklopfen. So bald muß ich gehn, dachte sie. Einmal einschlafen, einmal aufwachen, und dann ist schon morgen.

Der Vater schaute sie an. »Was hast du denn, Nanni? Du machst so komische Augen. Ist was passiert?« Er legte ihr die Hand auf die Stirn. »Ich weiß schon. Die Hitze! Die macht mich auch ganz kaputt. Geh schlafen. Es ist schon halb zehn.«

Gehorsam ging Nanni in ihr Zimmer. Sie zog sich aus, wusch sich im Badezimmer für die Nacht, putzte die Zähne und kämmte sich, dann ging sie ins Wohnzimmer zu den Eltern, um ihnen eine gute Nacht zu wünschen.

Später, als sie in ihrem Zimmer war, löschte sie das Licht, trat zum Fenster und schaute den Mond an. Er war sehr groß und leuchtete sehr hell. Aber weiter drüben, rechts, wo der Spielberg war, stand ein roter Schein in der Nacht, der vom Feuer kam. Da mußte Nanni wieder an Gustav denken. Er war verbrannt. Das war die grausame Wirklichkeit. Das hatte Nanni in keinem Buch gelesen, und niemand hatte es sich ausgedacht. Es war ja auch gar nicht auszudenken.

Mit großen, angstvollen Augen schaute Nanni den Feuerschein an. Es war fast, als stünde Josefa neben ihr und sagte das, was sie immer sagte: »Du bist daran schuld. Du wirst dafür zahlen müssen.«

Nanni machte die Vorhänge zu. Sie legte sich in ihr Bett und schlüpfte unter die Decke. Doch bald warf sie die Decke wieder ab. Der geschlossene Vorhang machte das Zimmer stickig und heiß. Aber wenigstens sah Nanni keinen Mond und kein Feuer. Sie schlief ein und hatte böse, verworrene Träume. Sie ging auf den Spielberg, und Josefa ging neben ihr. Sie kamen dorthin, wo die hohe Flammenwand war, und Nanni blieb stehen, während Josefa weiterging. »Paß auf!« schrie ihr Nanni nach, doch Josefa ging immer noch weiter. Sie trug ihr schwarzes Gewand und sah alt und fremd aus. Und als das Feuer über die Lichtung geflogen kam und Nanni davonrannte, war Josefa ein Baum. Sie hatte Wurzeln geschlagen und konnte nicht fliehen. Die Erde hielt sie fest, und Nanni freute sich.

Nanni erwachte. Sie machte die Augen auf, und aus dem Morgen war ein Heute geworden. Jetzt wußte sie, daß es keinen Ausweg mehr gab. Sie mußte in der Nacht zu der Mühle gehen. Und dann fand sie den Schatz und war reich. Oder vielleicht doch nicht?

Nanni wollte nicht aufstehen. Sie zog sich die Decke über den Kopf. Es war ihr ganz und gar nicht recht, daß es diesen Tag gab. Sie stellte sich vor, sie müßte nur weiterschlafen, und der Tag samt der kommenden Vollmondnacht würde nicht sein. Er würde aus der Reihe der Tage herausgelöst und vernichtet, und im Kalender würde an seiner Stelle ein Loch sein. Es hing nur von Nanni ab, ob es ihn gab oder nicht.

Unter der Decke war es finster und still. Nichts ereignete sich, außer daß Nannis Herz schlug. Sie bemühte sich weiterzuschlafen und konnte es nicht. Je länger sie nachdachte, um so munterer wurde sie. Aber aufstehen würde sie trotzdem nicht. Nein, nein, nein! Sie würde so tun, als ob sie gestorben wäre. Die Mutter würde kommen und schreien: »Nanni ist tot!« Und Nanni würde ganz starr und weiß wie Schnee sein. Sie würde machen, daß ihr Herz nicht mehr schlug. Wer den Regen fortzaubern konnte, der konnte das auch. Vater und Mutter würden in großer Verzweiflung sein. Sie würden Nanni aufbahren und mit Blumen schmücken, und alle Leute aus dem Dorf würden kommen und trauern. Sogar Josefa würde es um Nanni leid sein. Und morgen, wenn diese Vollmondnacht vorbei war, würde Nanni ihr Herz wieder schlagen lassen. Sie würde die Augen aufmachen und rosig und frisch sein. Dann würde sie heimlich aufstehen, sich waschen und anziehen und zu den Eltern in das Wohnzimmer gehen. Die saßen dort und waren ganz gebrochen vor Gram. Den ganzen Tag und die ganze Nacht hatten sie geweint. Sie waren bleich und abgemagert, weil sie vor Kummer keinen Bissen gegessen hatten. Da sagte Nanni: »Weint nicht. Ich lebe ja.«

Zuerst erschraken die Eltern und glaubten, daß ihnen Nannis Geist erschienen sei. Dann aber ging Nanni zu ihnen hin und umarmte sie, und sie konnten spüren, daß sie lebendig und warm war. »Ich hab nur ganz tief geschlafen«, sagte Nanni. »Ich war nur scheintot.« Die Mutter zog sie an ihre Brust und schluchzte vor Glück. Dann wurde die freudige Nachricht im ganzen Dorf bekannt, und feierlich läuteten die Kirchenglocken. »Nanni ist wieder am Leben. Sie war nur scheintot.« Und Erich kam, und sie rannte mit ihm auf den Anger. Die anderen Kinder waren auch schon dort. Sie spielten Figurenwerfen und Räuber und Gendarm, und Erich zeigte ihnen die neuesten Judogriffe. Aber Josefa ließen sie dabei nicht mittun. Die stand abseits und ärgerte sich – und recht geschah ihr.

Während Nanni daran dachte, wie fein das war, wenn sie dann auf einmal aufstand und wieder lebte, stand sie wirklich auf, nur um einen Tag zu früh. Verdutzt bemerkte sie, daß sie neben dem Bett stand. Aber weil es schon soweit war, tat sie alles andere auch, was sie jeden Morgen nach dem Aufstehen tat. Sie suchte die Mutter im Haus und begrüßte sie, dann ging sie ins Badezimmer, und schließlich zog sie sich an. Es war alles wie immer.

Das Frühstück aß Nanni ohne viel Appetit, aber sie aß es auf, weil die Mutter sonst immer gleich fragte, was mit ihr los war. Nanni beantwortete solche Fragen nicht gern. Nach dem Frühstück ging sie in ihr Zimmer zurück, machte das Fenster auf und erschrak vor der glutheißen Luft, die von draußen hereinkam. Sie beugte sich aus dem Fenster und schaute hinaus. Wiesen und Felder dehnten sich bis zum Spielberg, der von graublauen Rauchschleiern eingehüllt war. Zwischen ihm und dem Dorf stand der Uferwald der Rannach. Nanni wußte genau, wo sich die Mühle befand, obwohl sie von vielen Bäumen und Sträuchern verdeckt war. In ihr war die Rettung von allen Übeln der Welt. Da drüben war alles schon für Nanni bereit. Alles Gold und alle Schätze gehörten ihr schon. Sie konnte jederzeit hinübergehen und unsagbar reich nach Hause kommen – solange sie nicht wirklich ging.

Nanni glaubte noch immer an den Schatz in der Mühle. Bestimmt glaubte sie daran. Sie durfte nicht zweifeln. Es war nicht auszudenken, was sonst geschah. Nanni wehrte sich standhaft gegen die kleinste Möglichkeit, daß ihre Geschichte nur ein Hirngespinst war, und gerade deswegen durfte sie nicht hinübergehen. Das war zwar unlogisch, aber für Nanni vollkommen klar. Josefa verstand das nicht. Die würde das nie begreifen.

Josefa mußte sie heute ausweichen, das stand fest. Sie durfte heute auf keinen Fall in das Dorf gehn. Am besten war es, wenn sie den ganzen Tag im Haus blieb. Bestimmt würde Josefa in Grafenweiler sein und sie suchen.

Aber was würde dann morgen sein? Wie sollte Nanni Josefa erklären, daß sie nicht aus dem Haus gegangen war? Wenn sie sagte, daß sie einen Tag scheintot gewesen war, glaubte ihr das Josefa auf gar keinen Fall. Mit gerunzelter Stirn dachte Nanni nach. Sie mußte ja nicht scheintot sein. Es genügte, wenn sie krank war. Sie konnte sagen: »Ich hab hohes Fieber gehabt.« Das mußte sogar Josefa zur Kenntnis nehmen. Wenn Nanni schwer krank war, konnte sie nicht zu der Mühle gehen – und schon gar nicht in der Nacht, das war klar. Sie konnte sich ja auf den Tod verkühlen, wenn sie hohes Fieber hatte und nicht im Bett blieb. In dieser Hinsicht war Nannis Mutter besonders streng. Josefa mußte halt bis zum nächsten Vollmond warten. Auf die paar Wochen kam es auch nicht mehr an.

Nanni war über alle Maßen erleichtert, weil ein Ausweg aus ihren Nöten gefunden war. Vielleicht stimmte es sogar, daß sie Fieber hatte. Sie war ein bißchen matt, und heiß war ihr auch, dann lief ihr wieder ein Frösteln über den Rücken. Sie schaute in den Spiegel und fand, daß sie leidend aussah. Ganz sicher würde die Mutter das auch bemerken. Sie würde darauf bestehen, daß Nanni wieder ins Bett ging, ihr einen Tee kochen und einen Dunstwickel machen. Immer fiebriger wurde Nanni. Sie hatte schon Schüttelfrost.

Die Mutter kam und suchte Nanni. Sie wollte sie zum Einkaufen schicken. Nanni machte ein jämmerliches Gesicht und krümmte sich. »Mir ist so schlecht«, sagte sie. »Ich hab fürchterlich Bauchweh.«

»Dann mach ich dir einen Kamillentee«, sagte die Mutter. Sie schaute Nanni aufmerksam an. »Du siehst wirklich nicht gut aus. Leg dich ein bißchen hin.« Nanni legte sich auf die Wohnzimmercouch. Die Mutter verschwand für ein paar Minuten und brachte den ungezuckerten Tee. Er schmeckte abscheulich, aber Nanni trank ihn gehorsam. »Jetzt wird dir bald besser werden«, sagte die Mutter. Sie schimpfte nicht, weil sie selbst einkaufen gehen mußte. An manchen Tagen war sie sehr lieb und gut.

Als sie heimkam, lag Nanni noch immer auf der Couch. »Na, geht's dir schon etwas besser?«

»Ja«, sagte Nanni. Die Mutter sollte sich freuen, weil ihr Kamillentee half. Sie sollte sich keine zu großen Sorgen machen.

»Vielleicht hast du gestern was Falsches gegessen«, meinte

die Mutter. »Heute mittag fastest du, und am Nachmittag bist du wieder wohlauf.«
»Ich spür jetzt schon fast überhaupt nichts mehr«, sagte Nanni. Sie hatte ein überaus schlechtes Gewissen, weil sie nicht zum Kaufmann gegangen war. Dafür wollte sie sich zu Hause besonders nützlich machen.
Nach einer Viertelstunde stand sie auf und ging in ihr Zimmer, um es aufzuräumen. Sie machte ihr Bett, spannte die Gurten darüber und klappte es in den Wandverbau. Dann holte sie den Staubsauger aus der Besenkammer und saugte übereifrig den Teppichboden. Die Mutter kam herein und war hoch erfreut.
Nanni kündigte an, daß sie auch das Wohnzimmer aufräumen wollte und das Elternschlafzimmer auch. Ganz fleißig wollte sie sein.
»Oho, du bist ja ein Musterkind«, sagte die Mutter. »Oder hast du vielleicht was angestellt, weil du jetzt so brav bist?«
»Was soll ich denn angestellt haben?« fragte Nanni. Sie wurde rot im Gesicht und bückte sich schnell.
»Ja, eben. Das sag ich mir auch. Du bist halt ein braves Mädchen.«
Da war eine Stimme in Nanni: »Du bist eine Mörderin!«
Nanni zuckte zusammen, so deutlich hörte sie es. Woher diese Stimme gekommen war, wußte sie nicht. Es war gut, daß die Mutter wieder hinausging, sonst hätte sie bemerkt, wie verstört Nanni plötzlich war.
Mit doppeltem Eifer werkte Nanni weiter. Sie hatte Angst, daß die Stimme noch einmal etwas sagte. Fast hörte sie sich wie Josefas Stimme an.
Nanni holte das Staubtuch und wischte die Möbel ab. Es lag zwar fast überhaupt kein Staub auf ihnen, aber Nanni wischte trotzdem mit großem Fleiß. Sie war jetzt im Wohnzimmer, wo alles mögliche herumstand: ein paar Kerzenleuchter, ein Fisch aus Muranoglas und auch sonst noch ein paar Geschenke und Reiseandenken, die Nanni gern hatte,

wenn sie auch nutzlos waren. Sie wurden besonders sorgfältig abgestaubt, und Nanni paßte auf, daß sie nichts zerbrach. Als sie einmal zum Fenster ging und das Staubtuch ausbeuteln wollte, sah sie Josefa vor dem Gartenzaun stehen. Nanni zuckte zurück und versteckte sich hinter dem Vorhang. Auf Zehenspitzen zog sie sich in einen schattigen Winkel des Zimmers zurück. Hier war sie unsichtbar für Josefa, die draußen im grellen Sonnenlicht stand. Nanni duckte sich in den Winkel und hielt den Atem an.
Josefa ging vor dem Zaun hin und her und spähte aufmerksam zum Haus herüber. Wie eine Katze vor dem Mauseloch lauerte sie. Sie trug noch immer ihre Trauerkleider und schaute von weitem wie eine alte Frau aus. Nanni fürchtete und verabscheute sie. Sie wünschte von ganzem Herzen, daß sich die Erde auftat und Josefa samt ihren schwarzen Kleidern verschlang. Erst dann würde es auf der Welt wieder schön sein. Obwohl Nanni voll eisiger Angst war, hatte sie Schadenfreude. Sie konnte Josefa sehen, und Josefa sah sie nicht. Ich geh nicht hinaus, dachte sie. Sie kann ewig lauern.
Nanni blieb starr in ihrem Winkel stehen, bis sie Josefa draußen nicht mehr hin und her gehen sah. Da wagte sie sich aus dem Schatten ins Licht. Aber sie hütete sich, zum Fenster zu gehen. Sie nahm den Staubsauger auseinander und machte möglichst wenig Lärm dabei, dann räumte sie ihn weg und ging in ihr Zimmer. Sie hätte mit sich zufrieden sein können, weil es überall sauber und schön aufgeräumt war. Aber es war ihr weit elender zumute als vor dem Aufstehn, als Josefa noch weit weg gewesen war.
Sie wußte nicht, was sie mit sich anfangen sollte. Sie holte eins ihrer Bücher vom Bücherbrett und fing zu lesen an, aber sie kam über den ersten Absatz nicht hinaus. Immer wieder las sie denselben Satz und verstand ihn nicht. In ihrem Hirn blieb nichts hängen. Da gab sie es auf und schaute nur noch die Bilder an.
Nachdem vielleicht zehn Minuten vergangen waren, hörte

Nanni die Mutter kommen. Sie erkannte sie an ihrem Schritt. »Wo bist du denn?« rief die Mutter. »Du kriegst Besuch!« Nanni sprang auf. Böse Ahnungen waren in ihr. Sie wollte flüchten und wußte nicht, wohin. Sie ging in das Vorzimmer, und da stand die schwarze Josefa. Ohne anzuläuten, war sie ins Haus gelangt. Sie schaute Nanni herausfordernd an, und Nanni war so verwirrt, daß sie nicht wußte, ob Josefa etwas zu ihr gesagt hatte oder nicht. »Guten Morgen, Josefa!« rief sie mit wackliger Stimme und bemühte sich, so zu tun, als freue sie sich.

»Ach ja, mein Kind«, sagte die Mutter sehr ernst. »Ihr habt daheim einen schweren Verlust erlitten. Sag deinen Eltern und deiner Schwägerin unser herzlichstes Beileid.«

»Danke«, erwiderte Josefa. Es klang fast wurstig. Sie hatte die Augen unverwandt auf Nanni gerichtet.

»Komm ins Wohnzimmer«, sagte die Mutter. »Nanni kommt auch mit. Wir trinken zusammen einen Orangensaft. Bei der Hitze wirst du ja durstig sein.«

»Und ob!« verkündete Josefa mit feindlicher Stimme.

Im Wohnzimmer setzte sie sich in einen großen Lederfauteuil. Nanni drückte sich in die Ecke der Couch und machte sich klein. Die Mutter nahm den Orangensaft aus der Hausbar, die zugleich ein Kühlschrank war, und schenkte drei Gläser voll. Sie tranken und schwiegen. Josefa schaute auf Nanni. Die Mutter machte ein ernstes und teilnahmsvolles Gesicht.

»Ja, also«, sagte sie nach einiger Zeit, »das ist alles wirklich sehr schlimm. Das Schicksal ist grausam.« Es schien Nanni, daß die Mutter neugierig war.

Josefa nickte. »Zwei unversorgte Kinder sind auch da. Und dann noch der Schaden, den uns der Waldbrand macht. Und alles nur, weil's so heiß und so trocken ist.«

Sie redete und schaute ununterbrochen auf Nanni, die schmal und verzweifelt in ihrem Winkel saß.

»Wart einmal«, sagte die Mutter. »Ich ruf meinen Mann an. Vielleicht sind gerade keine Patienten bei ihm, und er kann auf ein paar Minuten herüberkommen.« Sie hob den Telefonhörer ab und wählte die Nummer der Ordination. Nanni war über alle Maßen froh, daß das Telefon im Wohnzimmer war und die Mutter zum Telefonieren nicht hinausgehen mußte. Sie darf uns nicht allein lassen, dachte Nanni. Sie soll dableiben, solange die Josefa da ist.

Nanni hatte so große Angst, als wäre eine hungrige Löwin im Zimmer, die sie zerreißen würde, sobald sie mit ihr allein war.

Nach einer Minute war auch der Vater da. Er ging auf Josefa zu und schüttelte ihr die Hände. »Es ist schlimm«, sagte er. »Ich weiß, es ist sehr, sehr schlimm.«

»Das kann man wohl sagen«, erwiderte Josefa düster.

»Und wie geht's deiner Schwägerin? Hat sie immer noch Fieber? Heute nachmittag komm ich zu euch und seh nach ihr.«

»Sie ist total mit den Nerven fertig«, sagte Josefa. »Jetzt steht sie mit ihren zwei Kindern da, und der Gustav ist tot.«

Der Vater legte den Arm um sie. Er sagte: »Reden wir nicht von dem Unglücksfall. Es ist sicher nicht leicht für dich, wenn du darüber sprichst.«

»Ja, schwer ist's«, sagte Josefa und seufzte tief. Sie war ganz und gar nicht damit einverstanden, daß sie nicht mehr darüber reden sollte, das spürte Nanni.

»Also, was machst du denn sonst immer?« wollte der Vater wissen. »Bist du auch froh, daß die Ferien da sind, so wie die Nanni?«

Josefa schaute ihn verachtungsvoll an. »Was hab ich denn von den Ferien, wenn's so heiß ist? Bei uns auf dem Berg ist kein Wasser mehr. Jeden Tag muß ich Eimer schleppen, das ist nicht lustig.«

Der Vater sagte: »Na ja, das wird auch vorbeigehn.«

Josefa wurde fast böse. »Ja, aber wann! Im Fernsehen hab ich gehört, es ist gar keine Aussicht auf Regen.«

Er nickte: »Für die Bauern ist das natürlich sehr schlimm, das ist klar. Wir leben nicht so mit euch mit, wie wir eigentlich sollten. Dabei sind wir genauso betroffen, wenn's Mißernten gibt.«
»Mißernte ist gar kein Ausdruck!«
»Ja, ich weiß. Da werden die Preise wieder einmal in die Höhe gehn.« Er lachte: »Ich weiß schon, warum das Wetter verrückt spielt. Weil keine Hexen mehr verbrannt werden, daran liegt es.«
»Hexen?« fragte Nanni. Josefa hob auch den Kopf.
»Na ja, die Leute haben in früheren Zeiten geglaubt, daß es Hexen gibt, die an allem möglichen schuld sind, am schlechten Wetter zum Beispiel. Da hat man sie einfach verbrannt.«
»Tatsächlich?« fragte Josefa wißbegierig.
»Ja, auf dem Scheiterhaufen, und zwar bei lebendigem Leib.«
Josefa und Nanni starrten ihn an, Josefa voll Interesse und Nanni voll Angst.
»Es gibt sicher heut auch noch Hexen«, sagte Josefa.
Er lachte. »Na ja, vielleicht. Manche Leute glauben daran. Aber jetzt muß ich gehn, ein Patient kommt, es hat geklingelt.« Er gab Josefa die Hand. »Kopf hoch! Und auf Wiedersehen!«
»Auf Wiedersehen, Herr Doktor!« rief sie ihm nach. Ihre Augen glänzten, und ihre Stimme war aufgeregt. Doch über Nanni war das bleiche Elend gekommen. Sie getraute sich nicht mehr, Josefa anzusehen.
Die Mutter nippte an ihrem Orangensaft, und Nanni wünschte auf einmal, sie sollte fortgehn. Sie sollte gehen, damit Josefa nicht weiterfragte oder am Ende sogar ihr Geheimnis verriet, nämlich, daß Nanni auch eine Hexe war, daß die Leute in früheren Zeiten recht gehabt hatten. Sie sollte gehn!
Aber die Mutter war immer noch neugierig. Sie fragte: »Was willst du denn eigentlich von der Nanni?«

Nanni zuckte zusammen und schaute Josefa an. Inständig dachte sie: Nichts verraten! Nichts sagen! – Und wirklich, Josefa überhörte die Frage der Mutter. Sie zog ein Taschentuch aus dem Kleid und wischte sich das Gesicht ab. Sie stöhnte: »Mein Gott, ist das eine Hitz schon am Vormittag! Und im Trauergewand muß man noch mehr schwitzen, weil's schwarz ist.« Heimlich schmunzelte sie. Nur Nanni bemerkte es.

Die Mutter trank ihren Saft aus und stand auf. Wahrscheinlich ärgerte sie sich, weil sie es nicht gewohnt war, daß sie keine Antwort bekam, wenn sie etwas fragte. »Ich muß jetzt auch an die Arbeit«, sagte sie. »Ihr zwei könnt ja noch übers Wetter reden, wenn das so ein interessantes Thema für euch ist.« Gleich darauf war Nanni mit Josefa allein.

»Du weißt ja, warum ich da bin«, sagte Josefa. »Weil heut Vollmond ist.«

Nanni senkte den Kopf und schwieg.

»Also gehst heut nacht? Oder gehst vielleicht nicht?« Sie kam zu Nanni und setzte sich neben sie auf die Couch. Furchtbar nahe war Josefa und furchtbar schwarz. Da wußte Nanni auf einmal, daß es nur eines gab. Sie mußte alles tun, was Josefa verlangte, damit endlich Ruhe war, jetzt und für immer. Sie schaute auf und sagte: »Ja, freilich geh ich. Was hast denn *du* geglaubt? Vielleicht, daß ich Angst hab?«

»Wann gehst denn?«

»Um Mitternacht muß ich dort sein.«

»Soll ich mitgehn?«

»Nein. Der Müller erscheint sonst nicht.«

»Dann wart ich um halb eins beim Sägewerk. Aber wehe dir, wenn du mich hereinlegst, Nanni! Dann geh ich und sag den Leuten, daß du eine Hex bist.«

»Warum soll ich dich denn hereinlegen?« sagte Nanni. »Was ich versprochen hab, das halt ich auch.« Sie sprach ganz

ruhig und scheinbar ohne Angst, als wäre alles schon gut ausgegangen. Dabei schaute sie kerzengerade in Josefas Gesicht.
»Dann ist ja alles in Ordnung«, sagte Josefa. »Ich wart ganz sicher.«
»Und ich komm bestimmt. Um halb eins beim Sägewerk.«
»Na schön, dann geh ich.«
Josefa ging, und damit war alles gut. Nanni schaute ihr vom Fenster aus nach, wie sie aus dem Gartentor trat und sich entfernte, und das war, als zöge eine schwarze, häßliche Wolke ab.
Später wollte die Mutter noch einmal wissen, warum Josefa gekommen war.
»Nur so. Sie hat mich halt einmal besucht«, sagte Nanni.
Die Mutter schaute ungläubig drein. »Die hat sich komisch benommen, das muß ich schon sagen. Platzt ins Haus, begrüßt mich nicht einmal richtig und erklärt mir, daß sie mit dir reden muß. Und dann redet sie nur vom Wetter. Irgendwas stimmt da nicht. Sie ist überhaupt nicht der richtige Umgang für dich. Mir ist sie ausgesprochen unsympathisch.«
Mir auch – hätte Nanni am liebsten gesagt. Aber sie sagte nichts. Sie mußte vorsichtig sein, damit die Mutter nur ja nicht weiterfragte.
Vor dem Mittagessen wollte die Mutter wissen, ob Nanni immer noch Bauchschmerzen hatte. Nanni wunderte sich, wie weit das schon weg war. Seit ihrer Notlüge war die Welt aus den Fugen geraten. Jetzt war die Welt wieder neu, weil Josefa fort war.
»Es ist wohl am besten, wenn du eine Mahlzeit ausläßt«, sagte die Mutter. »Leg dich nieder, während wir essen.«
Nanni war alles recht. Sie ging in das Wohnzimmer, legte sich auf die Couch und streckte sich aus. Sie machte die Augen zu, und in ihr war Nacht. Jetzt ist es soweit, dachte Nanni, jetzt muß ich zur Mühle gehn. – Sie hatte keine Angst

mehr. Fast war sie jetzt froh. Morgen würde alles vorüber sein, und Josefa hatte, was sie haben wollte. Dann mußte sie Nanni endlich in Ruhe lassen.

Nanni fielen die Kronjuwelen ein. – Ich darf sie doch nicht verstecken, dachte sie. Ich darf sie nicht später holen und Josefa beschwindeln, damit sie nicht bös wird, wenn sie mir am Ende draufkommt. Und tausend Dukaten sind ja trotzdem für mich.

Nanni machte schon Pläne, was sie mit dem Geld alles kaufen wollte. Sie wußte nur nicht, was man um dreihunderttausend Schilling bekam, ob ein Schloß mit Dienerschaft oder nur ein Auto.

Im Zimmer war es schön still. Nichts störte Nanni. Sie lag flach auf dem Rücken, die Arme unterm Genick, und schaute das große Blumenfenster an. Das war ganz von grünen Pflanzen durchwachsen, von Efeu und Judenbart und stacheligen Kakteen. Auf dem Couchtisch stand ein Strauß gelber Georginen. Sie leuchteten golden, aber sie rochen wie Leim. Während Nanni dalag und schaute und nachdachte, schlief sie ein.

Sie erwachte davon, daß die Mutter hereinkam. Ihr Kopf war ganz dumpf, und ihre Beine waren schwer.

»Wie geht's dir?« fragte die Mutter.

»Danke, gut.«

»Dann komm und hilf mir Bohnenschoten putzen.«

Nanni stand auf und ging in die Küche, nahm aus der Lade ein Messer und setzte sich an den Tisch. Sie griff nach einer der Bohnenschoten, die in einer Schüssel voll Wasser schwammen, schnitt sie an einem Ende an und zog den Faden ab, und das gleiche tat sie am anderen Schotenende, beides voll Vorsicht, damit sie den Faden nicht durchschnitt. Das Fädenabziehen war eine lustige Arbeit. Nanni stellte sich vor, daß sich die dicken, weichen Bohnen, die vorher in den Schoten fest eingezwängt gewesen waren, jetzt ein wenig ausdehnen konnten und daß ihnen das sehr wohltat.

Nanni schaute auf die Uhr. Es war schon halb vier. Es war alles so merkwürdig. Da verging rundherum die Zeit, ganz gleich, ob Nanni wach war oder schlief und ob sie sich darum kümmerte oder nicht, und niemand konnte sagen, was da eigentlich verging. Das war wirklich sehr seltsam. In ein paar Stunden würde der Abend beginnen, und auf jeden Abend folgte eine Nacht. Es gab niemals zwei Tage oder zwei Nächte, zwischen denen nichts lag, und warum wohl nicht?

»Mutter, sind dreihunderttausend Schilling viel Geld?« fragte Nanni.

»Das kann man wohl sagen. Wie kommst du darauf?«

»Ich weiß nicht. Nur so. Was kann man sich dafür kaufen?«

»Zehntausend Kilo Leberwurst«, sagte die Mutter und lachte. Dann wurde sie ernst. »Nein, das war eine dumme Antwort. Wenn wir soviel Geld beieinander hätten, könnten wir etwas tun, was wir lange schon möchten. Wir könnten zu unserem Grundstück was dazukaufen und einen Swimming-pool bauen.«

»Oh, das wird fein«, sagte Nanni. »Ein Swimming-pool? Darf ich dann auch darin baden?«

»Aber ja. Wir machen ihn heizbar, dann verkühlst du dich nicht. Aber fünf bis sechs Jahre dauert das schon noch. Zuerst zahlen wir den Kredit für das Haus zurück.«

Nanni war glücklich. Die Zukunft lag hell vor ihr. Wenn sie einen Swimming-pool hatten, würde es lustig sein. Dann konnte noch so ein heißer Sommer kommen, sie konnte in das kühle blaue Wasser eintauchen. Sogar wenn es so heiß wie heute war, daß man schon in aller Früh klitschnaß vor Schweiß war und man sich fast nicht in die Sonne getraute, würde es nicht mehr so schlimm sein, wenn sie einen Swimming-pool hatten. Nanni stellte sich vor, wie sie hineinsprang und von dem Wasser wohltuend umplätschert war, und sogleich wehte frische Luft durch das schwüle Haus. Morgen haben wir tausend Dukaten, dachte Nanni.

Während sie von den kommenden Freuden träumte und dabei eine Schote nach der anderen putzte, wurde es Viertel fünf. Es gab keinen Zweifel, die nächste Nacht kam bestimmt. Zuerst würde es langsam dämmerig werden, dann würde der Himmel zu leuchten beginnen, ganz allmählich, wie ein großes Haus, wenn ein Bewohner nach dem anderen heimkommt.
»Mutter«, fragte Nanni, »darf ich fortgehn heut nacht?«
Die Mutter schaute, als hätte sie nicht richtig gehört. »Was hast du gesagt?«
»Ob ich heute nacht fortgehen darf.«
»Mir scheint, du bist übergeschnappt«, sagte die Mutter. »Was willst du denn in der Nacht außer Haus tun?«
»Die tausend Dukaten holen«, sagte Nanni.
Da die Mutter mit dem Rücken zu ihr beim Herd stand, konnte Nanni nicht sehen, was für ein Gesicht sie machte, und so verriet sie arglos ihr Geheimnis. »In unserem Lesebuch steht, daß in der Mühle drüben ein Schatz liegt.«
Da fuhr die Mutter herum und war plötzlich zornig. Mit ihrer scharfen, strengen Stimme, die Nanni so fürchtete, sagte sie:
»Hör sofort mit dem dummen Reden auf. Putz die Bohnen weiter und erzähl keine solchen Geschichten, dazu bist du zu alt, du bist ja kein kleines Kind mehr.«
Nanni schaute in ihre funkelnden Augen und sagte kein Wort mehr. Sie war gekränkt und schämte sich, weil sie der Mutter ihr Geheimnis verraten hatte, und die hatte das gar nicht zu schätzen gewußt. Sie hatte Nanni nur eiskalt angeschnauzt. – Nie mehr erzähl ich ihr was über mich, dachte Nanni. Das werd ich mir merken. Für ewig merk ich mir das. Sie machte den Mund fest zu und senkte die Augen.
Mit dem Bohnenputzen war sie jetzt fertig geworden. Sie trug die Schüssel zur Mutter und sagte: »Da!« Dann leerte sie das Wasser mit den Abfällen aus.

Die Mutter bemerkte gar nicht, daß Nanni beleidigt war. Sie gab ihr Kartoffeln zum Schälen. Auch das tat Nanni stumm. Dann war sie frei und durfte tun, was sie wollte, aber sie hatte gar keine Lust, was zu tun. Sie dachte darüber nach, wie sie es anstellen sollte, daß sie um Mitternacht unbemerkt aus dem Haus kam. Das würde eine große Straftat sein. Nanni hatte Angst vor allem, was ihr in der Nacht bevorstand, aber längst nicht so große Angst wie bei dem Gedanken, daß sie vielleicht nicht zu der Mühle gehen konnte, daß die schwarze Josefa morgen wieder ins Haus kam und Nanni zur Rede stellte. Das mußte vermieden werden. Sonst war alles egal.

Nanni ging früh zu Bett. Es war draußen noch licht. Sie hatte keine Lust zum Lesen oder zum Fernsehen. Im Fernsehen brachten sie jetzt immer Berichte über den Waldbrand, und beim Lesen schweiften Nannis Gedanken ab.

Sie lag wach. Alle Augenblicke schaute sie auf die Uhr. Nichts geschah. Die Zeiger rückten ganz langsam weiter, aber nur, wenn man wegschaute. Wenn Nanni sie anschaute, schienen sie stillzustehen. Nanni hatte einen verrückten Gedanken: Wenn ich die Uhr nie mehr aus den Augen lasse, bleibt die Zeit vielleicht stehn, und nichts geschieht mehr. Ich bleibe da liegen, und Josefa kann nicht mehr zu mir. Vater und Mutter bleiben für immer beim Fernsehen sitzen, und das Bild auf der Flimmerscheibe bewegt sich nicht mehr.

Die Zeiger bewegten sich trotzdem. Die Zeit verging. Ich darf auf keinen Fall einschlafen, dachte Nanni. Sie legte sich einen Plan zurecht, wie sie in der Nacht aus dem Haus kam, auch ohne Erlaubnis der Mutter. Die Haustür und das Gartentor waren versperrt. Wenn Nanni Glück hatte, steckten die Schlüssel innen an der Haustür, und am selben Bund hing auch der Schlüssel zum Gartentor. In diesem Fall würde das Fortkommen kein Problem sein. Vielleicht hing der Schlüsselbund auch am Schlüsselhaken, und wenn

Nanni ihn von dort wegnehmen mußte, würde das schon ein kleiner Diebstahl sein. Am schlimmsten war es, wenn sie den Schlüsselbund suchen mußte. Oft hatte ihn der Vater in der inneren Rocktasche, oder die Mutter verwahrte ihn. Dann war es ein Wagnis, ihn zu suchen und zu entwenden, und wenn Nanni dabei erwischt wurde, konnte die Strafe groß sein. Sie dürfen mich nicht erwischen, dachte Nanni. Sie hoffte, daß kein spannendes Programm im Fernsehen war und daß die Eltern früh genug schlafen gingen.
Es war Nacht geworden, aber es war nicht finster. Der Mond erfüllte das Zimmer mit seinem Schein. Nach einer Weile hörte Nanni die Eltern in das Schlafzimmer gehen. Sie gingen heute besonders früh schlafen, das war gut. Ihre Stimmen klangen zu Nanni herüber, aber was sie redeten, konnte sie nicht verstehen. Es war auch egal, es interessierte Nanni nicht. Alles war unwichtig, bis auf das Abenteuer, das ihr bevorstand.
Die Zeit schlich dahin. Es war so still, daß Nanni hören konnte, wie ihr Herz schlug. O ja, jetzt fing sie sich wieder zu fürchten an. Es gab fast nichts mehr, vor dem sie nicht Angst haben mußte. Ob sie zur Mühle ging oder es nicht tat – beides war voller Schrecken. Trotzdem mußte sie gehen, damit morgen alles vorbei war.
Die Turmuhr im Dorf begann zu schlagen. Nanni zählte mit: elf Schläge. Sie stand leise auf und machte kein Licht, als sie sich anzog. In einer halben Stunde mußte sie fort. Sie war viel zu früh fertig, aber sie hielt es im Bett nicht mehr aus. Sie schaute zum Fenster hinaus, sah den vollen, silbernen Mond und zugleich den roten Feuerschein über dem Spielberg. Jeder Baum, jeder Strauch im Garten war vom Mondlicht bestrahlt. Die steinernen Plattenwege waren fast weiß. O Gott, dachte Nanni, dahinaus muß ich gehn. Es sah alles so fremd und unheimlich aus, wie ein anderer Garten, wie eine andere Welt. Am liebsten hätte sie sich

wieder im Bett verkrochen. Aber der Feuerschein über dem Spielberg ließ es nicht zu. Der machte, daß sie an Josefa denken mußte, und damit gab es für Nanni kein Zurück mehr.
Leise machte sie die Tür zum Vorzimmer auf und war erleichtert, weil kein Knarren sie verriet. Als sie die Tür zu ihrem Zimmer hinter sich zuzog, war rundherum alles schwarz, da es im Vorzimmer kein Fenster gab, durch das der Mondschein hätte hereinkommen können, und Licht zu machen getraute sich Nanni nicht. Erst im Windfang war es auf einmal sehr hell, weil neben der Eingangstür in der Mauer Glasziegel waren. Nanni sah, daß der Schlüsselbund steckte. Das war ein Glück. Sie sperrte die Haustür auf. Ganz ohne Klirren und Knirschen ging das nicht, aber die Windfangtür war ja zu und ließ die verräterischen Geräusche nicht in das Haus. Nannis Hals war plötzlich ganz eng. Sie konnte kaum atmen, wie immer, wenn sie in großer Erregung war. Die Haustür war offen, und sie huschte hinaus. Mit dem Schlüsselbund lief sie zum Gartentor. Sie war überzeugt, daß jeder sie sehen konnte, der in den Garten schaute, so hell war der Mondschein.
Nanni sperrte auch das Gartentor auf. Ihre Hände zitterten dabei, und es dauerte lang. Dann überlegte sie, was sie mit dem Schlüsselbund machen sollte, ob sie ihn zurückbringen und innen an die Vorzimmertür stecken sollte oder ob es besser war, wenn sie ihn mitnahm. Wenn sie ihn zurückbrachte, fiel es den Eltern nicht auf, daß sie fort war, falls einer von ihnen aufstand und ins Vorzimmer ging und sich erinnerte, daß da ein Schlüssel sein sollte. Aber vielleicht vergewisserte er sich dann, ob wirklich zugesperrt war, fand die Haustür unverschlossen und sperrte Nanni hinaus. Das war von allem, was passieren konnte, das ärgste. Auch wollte Nanni nicht mehr durch den Garten gehen, durch den weißen Mondschein, in dem sie so deutlich zu sehen war. Nur weg von dem Haus mit seinen offenen Fenstern!

Nanni steckte den Schlüssel ein und rannte davon. Sie dachte im Laufen: Jetzt kann jeder ins Haus. Die Diebe können hinein und alles rauben. Was Nanni getan hatte, würde die Mutter ihr nie verzeihen, wenn sie draufkam.

Nanni ging durch die Nacht, vorbei an den großen Wiesen, über denen kniehoch ein dünner Nebel lag. Sie kam zu der Straße, zum Sägewerk. Es war weit und breit still. Auch Josefa war noch nicht da. Ein Auto näherte sich auf der Straße und fegte mit singenden Reifen und blendenden Lichtern vorbei. Im Dorf schlug zweimal die Turmuhr. Es war halb zwölf.

Nanni fing zu laufen an. Sie lief querfeldein, auf die Rannach zu, direkt in Richtung auf die verfallene Mühle. Sie dachte nichts, sie erhoffte nichts, fast hatte sie schon vergessen, was sie dort wollte, nur hinkommen mußte sie vor Mitternacht.

Sie erreichte die Rannach genau beim Wehr. Durch das Flußbett zog ein Nebel wie ein Strom von Milch. Geheimnisvoll stand die Mühle am anderen Ufer. Feine Dunstschleier zogen an ihr vorbei. Das Mühlrad tauchte mit seinen Schaufeln in den Nebel. Es sah aus, als ob es sich langsam und lautlos drehte.

Nanni ging durch das trockene Flußbett. So fremd und sonderbar sah alles aus. Beinahe genauso hatte Nanni es sich vorgestellt, als sie Josefa erzählt hatte, wie es gewesen war, als ihr der Geist des Müllers seinen Auftrag gegeben hatte. So sahen die Mühlen in den Geschichten und Sagen aus – ganz anders als wirkliche Mühlen im Tageslicht. Alles war anders: der milchweiße Nebelstrom, der Mondschein über allem, ein Licht wie von vielem Schnee und dahinter der schwarze Wald mit seinen leisen Geräuschen.

Nanni stolperte über einen Stein im Flußbett, den sie im Nebel nicht sah. Sie fiel hin und schlug sich ein Knie auf, aber sie spürte nichts, so groß waren ihr Staunen und ihre Angst. Es war aber nicht die Angst, daß ihr etwas passieren könnte. Hie und da, wenn sie träumte, fürchtete sie sich

so und wußte zugleich, daß alles nicht wirklich war und daß sie jeden Augenblick aufwachen konnte.
Sie näherte sich der Mühle, ging durch den Graben, der sie umgab, und fand im Mondlicht einen Weg durch die Nesseln. Dann stand sie vor der Tür und legte die Hand auf den Türstock. Wenn ihr auch vor der Schwärze im Innern der Mühle graute, sie mußte hineingehn. Sie streckte die Hände aus, tappte Schritt für Schritt weiter und war im Mahlraum. Aber sie sah noch nichts. Sie stieß mit dem Fuß an ein Hindernis, setzte sich nieder und lehnte sich irgendwo an. Sie saß hart, doch das machte ihr nichts. Sie spürte es kaum. Auf einmal glaubte sie, daß sie schlief und nicht aufwachen konnte, wenigstens nicht so, wie man am Morgen wach wird und sicher weiß: das ist der Tag.
Nanni starrte groß in die Finsternis. Durch das aufgerissene Dach kam das Mondlicht herein und machte ein Ding nach dem anderen sichtbar. Zuerst sah Nanni die Balken unter dem Dach, dann die leiterartige Treppe, die auf den Speicher führte, auf dem sie mit Josefa gesessen war, und das große, plumpe, vollkommen schwarze Mahlwerk. Aber nichts war deutlich und genau zu erkennen. Besonders die Wände und Winkel des Mahlraums waren im Finstern. Von überall her konnte alles kommen, sogar der Geist des Müllers, sobald es Mitternacht war. Als sich Nanni das vorstellte, fing sie zu zittern an. Sie hörte, wie ihre Zähne aufeinanderschlugen. So einfach war es gewesen, als sie es sich ausgedacht hatte, und so schaurig wäre es, wenn es wirklich geschah. Nur die Angst vor Josefa war größer, und darum lief Nanni nicht fort.
Je länger Nanni in der finsteren Mühle saß, um so besser konnte sie alles sehen. Der Sand, der den Boden bedeckte, gab einen weißen Schein. Sogar in den Winkeln wurde es langsam hell.
Nannis Angst war jetzt nicht mehr so groß. Nichts Fürchterliches war in ihrer Nähe. Was sie sah, das kannte sie schon.

Da waren nur Dinge.
Sie spürte ein Brennen am Knie. Es war nicht arg. Aber es erinnerte sie daran, daß sie im Flußbett hingefallen war. Am Anfang hatte sie den Schmerz gar nicht wahrgenommen. Erst jetzt, als sie dasaß und warten mußte, machte er sich bemerkbar. Nanni verzog das Gesicht und rieb ihr Knie. Das Brennen ging in ein dumpfes Bohren über. Als Nanni das Bein bewegte, wurde es besser. Sie stand auf und fing an, hin und her zu gehen.
Sie trat an das Mahlwerk heran und schaute es an. Jede Einzelheit war gut zu erkennen. Sie hatte es schon damals gesehen, als sie mit Josefa in der Mühle gewesen war, aber da hatte sie es nicht genau betrachtet. Sie ging um das seltsame Ungetüm herum, beäugte es von hinten und vorn und stieg dann auf den Sockel, um es auch von ganz nah zu sehen. Sie interessierte sich für das Mahlwerk und vergaß, daß bald Mitternacht war – die Geisterstunde. Sie glaubte auch nicht mehr zu träumen, ihr Knie tat zu weh.
Sie stand auf dem Sockel und reckte sich. Über ihrem Kopf befand sich ein hölzerner Trichter. Dahinein war wahrscheinlich das Getreide geschüttet worden. Sie packte ihn, und ein mürber Splitter brach aus. Sie wunderte sich, daß Holz so weich sein konnte. Dann sah sie, was sie schon längst hätte sehen müssen: dieses Mahlwerk war nahe daran, entzweizugehen. Der Trichter war völlig zerborsten, sein Boden fehlte, und auch das hölzerne Getriebe sah morsch aus. Obwohl Nanni von Mühlen nichts verstand, war ihr eines klar: mit der hier konnte man keine Steine mahlen. Da hatte sie sich was sehr Dummes ausgedacht. Eine alte, verlassene Mühle war das und sonst nichts.
Aber dann erschrak sie von dem, was sie dachte, und sprang vom Sockel. Sie wollte ja glauben, daß der Müller kam, aber leicht war das nicht mehr. Sie erzählte sich selbst noch einmal, wie alles gewesen war. Aber sie wußte, daß sie es sich nur ausgedacht hatte.

Sie setzte sich hin, um die Mitternacht abzuwarten. Es war nichts mehr so, wie es vorher gewesen war. Der morsche Splitter in Nannis Hand hatte alles verändert. Nanni fing jetzt zu frieren an. Der Boden, auf dem sie saß, war kalt. Sie tastete ihn ab, um einen besseren Platz zu finden, ein trockenes Brett vielleicht oder einen Unkrautpolster, dabei kam ihr ein Gegenstand in die Hand, der im Schatten des Sockels gestanden war. Es war eine Flasche aus dunklem Glas – eine Bierflasche, stellte Nanni fest. Das Etikett war noch daran. Im Mondlicht konnte sie es lesen: »Schwerterbräu Lager, Heinrichsmühl«. Das war das Bier, das ihr Vater trank.

Sie kehrte den Flaschenhals nach unten, da rann ein Rest von Bier heraus, der übel roch und den Boden dunkel färbte. Sie ließ die Flasche fallen und stand mit gespreizten Fingern da. Ihr ekelte vor dem abgestandenen Bier. Sie rieb eilig ihre Hände am Rocksaum rein, wischte Staub und klebrige Spinnwebfetzen ab und stieß mit dem Fuß die Flasche ins Dunkel zurück.

Aber so konnte die Geschichte vom verwunschenen Müller nicht ausgehen. So ganz bestimmt nicht. Es war alles vorbei. Es hatte nichts mehr zu bedeuten, daß drüben im Dorf die Turmuhr Mitternacht schlug, Nanni wußte: niemand wird kommen. Und es kam auch niemand.

Dafür kam auf einmal die Angst zurück. Aber das war eine andere Angst als vorher. Nanni fielen die Warnungen der Mutter ein, daß es böse, gefährliche Männer gab, vor denen sich Kinder in acht nehmen mußten, weil solche Männer sich grausam an ihnen vergingen. Oft fand man ein Kind, das einem von ihnen zum Opfer gefallen war, tot und verstümmelt. Besonders nachts mußte man vor ihnen auf der Hut sein.

Nanni erschauerte bei diesen Gedanken. Auch hier in der Mühle konnte ein Unhold versteckt sein, dort hinter dem Mahlwerk oder sonst irgendwo. Vielleicht war er in diesem

Moment schon zum Sprung geduckt, um Nanni den Weg abzuschneiden und sie zu packen. Sie schrie auf und erschrak vor ihrem Schrei, der in der Stille so laut war und sie verriet. Jetzt wußte jeder, der sich in der Nähe herumtrieb und eine Untat begehen wollte, daß da ein Kind war. Nanni stürzte entsetzt aus der Mühle und rannte davon. Sie lief durch das trockene Flußbett und querfeldein, spürte den Schmerz in ihrem Knie und vergaß ihn wieder. Sie hörte nicht auf zu rennen, bis sie den Fahrweg erreichte. Hier stand ein alter Weidenbaum an einem ausgetrockneten Wassergraben. Nanni stolperte auf ihn zu und berührte ihn. Als sie seine rauhe Rinde spürte, beruhigte sie sich und blieb stehen, um Atem zu schöpfen. Es war wie bei einem Spiel, das sie mit Erich und den anderen Kindern auf dem Anger gespielt hatte und das so lustig gewesen war. Ein Kind lief davon, und ein anderes mußte es fangen, aber wenn es einen Baum oder einen Zaunpfahl erreichte und die Hand darauf legte, war es in Sicherheit. Aber es durfte nicht lange da stehenbleiben, nur bis der, der es fangen wollte, bis zehn gezählt hatte; dann mußte es weiter.

Nanni zählte nicht bis zehn. Es war auch kein lustiges Spiel wie damals mit Erich. Sie hielt den Weidenbaum umschlungen und ruhte aus, weil sie müde und sehr verzweifelt war. Ihre Finger betasteten im Dunkeln den Baum. Man hatte ihm die Zweige abgeschnitten. Er stand arm und bucklig im Mondlicht. Wahrscheinlich litt er. Nanni spürte die Rindengeschwülste rings um seine verstümmelten Triebe und hatte großes Mitleid mit ihm. Sie mochte es nicht, wenn man Bäume und Sträucher beschnitt. Man sollte sie lieber in Ruhe lassen. Sie sahen so glücklich aus mit ihren langen Ruten und ihrem Laub. Und doch war dieser Schmerzensbaum in dieser Nacht der richtige Tröster für Nanni. Sie streichelte ihn, wie sie Barry gestreichelt hatte, damals, als er zu ihr an den Brunnen gekommen war. Sie wünschte, für immer hier stehenzubleiben, und niemand könnte ihr mehr etwas tun. Und wenn Josefa käme, um zu schauen, wo Nanni blieb, wäre Nanni unsichtbar, solang sie bei diesem Baum stand. Josefa könnte nicht fragen: »Wo hast du das Gold?« Und Nanni müßte ihr nicht Antwort geben.

Die Turmuhr tat einen einzigen langen Schlag. Nanni hob horchend den Kopf. Viertel eins war es erst. Vielleicht war Josefa noch gar nicht beim Sägewerk, und Nanni konnte noch schnell nach Hause gehn. Dann konnte Josefa sie erst morgen zur Rede stellen und nicht schon in der nächsten Viertelstunde.

Nanni rannte, ihr Atem ging keuchend. Sie konnte noch niemanden sehen. Sie lief auf das Sägewerk zu und daran vorbei, aber nicht ganz daran vorbei, denn Josefa war doch schon gekommen. Sie trat aus dem Schatten in das Mondlicht heraus. Ganz schwarz stand sie da und warf einen schwarzen Schatten. Nanni konnte nicht an ihr vorbei.

»Kommst von drüben?« fragte sie und deutete zu der Rannach.

»Ja«, sagte Nanni kleinlaut.

»Und wo ist das Gold?«

Nanni sackte zusammen. Ihre Geschichte war aus. Sie war zu Ende erzählt und schlecht ausgegangen. Und sie war eine dumme Geschichte gewesen, das sah Nanni jetzt ein, und sie schämte sich. Vor allem: was sollte sie zu Josefa sagen?

Ich sag ihr, daß es nur ein Spaß gewesen ist, dachte Nanni. Das war der Ausweg, o ja – nur ein Spaß und ein Spiel. Das Spiel mußte noch lange nicht zu Ende sein, wenn Josefa weiter mittat, so wie bisher. Zum Beispiel konnten sie das Abkommen treffen, daß Nanni gar nicht drüben gewesen war. Sie wußte noch nicht, daß es den Schatz in Wirklichkeit gar nicht gab. Dann könnte sie Josefa noch viel darüber erzählen.

»Wo das Gold ist, will ich wissen«, sagte Josefa.

»Es war keines da.«

»Hast was falsch gemacht, gelt? Oder was ist eigentlich los.

Ich will jetzt wissen, was los ist!« Josefa packte Nanni beim Handgelenk. Die riß sich verzweifelt los und begann zu lachen.
»Es gibt ja überhaupt keine Geister, Josefa! Hast du wirklich geglaubt, daß es Geister gibt?«
»Hör sofort mit dem blöden Lachen auf. Hast mich vielleicht angelogen?«
»Ja«, sagte Nanni. »Ich hab immer geglaubt, du weißt, daß es nur ein Witz ist.«
»Ach so! Also hast mich zum Narren gehalten.« In Josefas Augen glitzerte der Mond. Es war ihr nicht anzumerken, was sie dachte. Sie sagte: »Ich hab dir sowieso nie geglaubt. Höchstens ganz am Anfang mit deinem Zauberspruch. Jetzt mußt halt schauen, daß du den Regen wieder zurückbringst.«
»Aber wie denn? Ich weiß ja nicht, wie.«
»Das ist dein Problem. Daß du ihn fortgezaubert hast, steht jedenfalls fest. Da war ich dabei, und das hab ich mit eigenen Augen gesehn. Wer soll ihn denn wieder zurückzaubern, wenn nicht du?«
»Aber ich hab meinen Spruch ja gar nicht vom Müller.«
»Das ist mir vollkommen Wurst, von wem du ihn hast. Du kannst nicht abstreiten, daß er gewirkt hat, weil ich dabei war. Für mich bist du eine Hex, und dabei bleib ich.«
Für Nanni wurde die silberne Mondnacht schwarz. Eine böse, herzlose Feindin war Josefa. Sie stand da und versperrte den Weg. Nanni wußte nicht weiter. In ihrem Kopf fing sich alles zu drehen an. Sie wollte irgendwas sagen und brachte es nicht heraus. Und dann dachte sie nichts mehr und sagte auch nichts, sondern rannte davon, nur fort von der schwarzen Josefa!
Aber sie kam nicht weit. »He! Renn nicht davon!« schrie Josefa. Nanni blieb stehen und schaute sich ängstlich um. Josefa kam ihr nach und hielt sie fest, damit sie nicht noch einmal weglaufen konnte. »Und was ist mit dem, was du mir versprochen hast?«

»Ich hab ja nichts.«
»Aber versprochen hast du's mir. Du hast gesagt, daß du mir Kronen und Halsketten gibst und Gold und Diamanten als Schadenersatz, weil du schuld an dem heißen Wetter bist. Also, was ist jetzt damit?«
»Ich hab wirklich nichts«, flüsterte Nanni.
»Dann gib mir die Kette mit dem Dukaten, die du um den Hals hast.«
»Die kann ich dir nicht geben.«
»Ich will sie aber. Gib her!«
Josefa packte den Dukaten und zog an. Nanni spürte, wie das dünne Goldkettchen in ihr Genick schnitt. Es würde reißen, wenn Josefa so daran zerrte. Sie schlug auf Josefas Faust und wich zurück.
»Das ist mein Taufgeschenk. Laß mich in Ruh!« Sie schluchzte. Die Tränen rannen ihr übers Gesicht. »Ich beiß dich, wenn du nicht auslaßt. Die Kette geb ich dir nicht.«
»Dann geh ich und sag den Leuten, daß du eine Hex bist. Wirst schon sehn, was dir dann passiert. Dann hast nix mehr zu lachen.«
Nanni wurde elend und schwach. Ihre Hände sanken herunter. Sie ließ es zu, daß Josefa ihr an den Hals griff und an dem Verschluß des Kettchens herumhantierte. Dann glitt etwas Leichtes, Kühles, Goldenes von ihr fort. Ihr Hals war nackt, sie hatte kein Taufgeschenk mehr. Josefa hatte es ihr weggenommen.
»Was sag ich jetzt meiner Mutter?« flüsterte Nanni. Sie tappte nach ihrem Hals. Da war wirklich nichts mehr.
Josefa lachte. »Das interessiert mich nicht, was du ihr sagst. Lüg sie halt an. Du kannst ja so gut lügen. Weiß sie überhaupt, daß du von daheim fort bist, heut nacht?«
Nanni war unvorsichtig und sagte: »Nein.«
»Dann sag ich ihr das auch, wenn du nicht alles tust, was ich will.«
»Was soll ich denn tun?« fragte Nanni verzagt.

»Das weiß ich noch nicht, aber ich sag dir's schon, wenn mir was einfällt. Von jetzt an mußt du ›gnädige Frau‹ zu mir sagen.«
»Läßt du mich jetzt endlich heimgehn?« fragte Nanni.
»Das heißt: Bitte darf ich heimgehn, gnädige Frau? – Und morgen mußt du für mich Wasser tragen. Ich bin um halb zwei am Dorfplatz, und weh dir, wenn du nicht kommst.«
»Ja, ja, ich komm schon. Aber darf ich jetzt heimgehn?«
»Erst wenn du ›gnädige Frau‹ zu mir gesagt hast. Sag: ›Auf Wiedersehen, gnädige Frau.‹ «
Nanni sagte es, aber sie schaute Josefa dabei nicht an, weil sie sich so schämte. Dann drehte sie sich schnell um und ging fort. Josefa verdrückte sich hinter das Sägewerk und war schon ein Teil seines schwarzen Schattens geworden.
Nanni setzte den Heimweg fort. Sie ging sehr langsam, denn sie wollte jetzt gar nicht nach Haus. Ohne ihr Kettchen mit dem Dukaten daran konnte sie ihrer Mutter nicht vor die Augen treten. Aber wohin sonst sollte sie gehen, wenn nicht heim? Sie erreichte das Gartentor, machte es auf und trat ein und vergaß nicht, es von innen zuzusperren. Dann schlüpfte sie ungesehen in das Haus, versperrte die Haustür von innen, ließ den Schlüsselbund stecken, damit alles so wie vorher war, schlich in ihr Zimmer und zog sich im Finstern aus. Dann atmete sie doch ein wenig auf, weil sie wieder daheim war. Sie machte die Vorhänge zu, damit sie den Mond nicht mehr sah, legte sich in ihr Bett und konnte lange nicht schlafen, weil sie in einem fort über alles nachdenken mußte. Jetzt wußte sie, wie wenig das Wünschen half. Und so heiß hatte sie sich gewünscht, einen Schatz in der Mühle zu finden.
Bis der Morgen dämmerte, lag Nanni wach. Zum ersten Mal dachte sie über sich nach, und sie schaute in sich hinein, wie das die Erwachsenen tun. Es war, als hätte da jemand kurz Licht gemacht, und sie konnte ein buntes Durcheinander sehen. Sie sah Dinge, die wirklich geschehen waren, und

andere, die sie sich nur ausgedacht hatte, und alles war so miteinander vermischt, daß sie glaubte, sie könnte da niemals Ordnung machen. Sie spürte, daß es ein bißchen komisch war und daß sie trotzdem nichts davon hergeben wollte, auch die bunten Lügen nicht und die Edelsteine und die Juwelen aus dem Fotoband, nicht einmal den Waldbrand, den sie wirklich gesehen hatte. Josefa konnte nicht sagen: »Gib mir das!«

Als Nanni lange genug nachgedacht hatte, wußte sie, daß sie etwas falsch gemacht hatte. Sie war zu früh davongelaufen und hatte alles zu genau angeschaut. Wenn sie noch gewartet hätte, wäre der Müller gekommen und hätte ihr alle Schätze der Welt gebracht. Vielleicht konnte sie beim nächsten Vollmond noch einmal hingehen.

Dann schlief sie und träumte und war wieder in der Mühle. Sie sah wieder alles in einem Zauberlicht. Da wußte sie, man konnte Steine mahlen wie Korn, aber nur mit zerbrochenen und vermorschten Mühlen, die zu nichts anderem mehr zu gebrauchen waren. Ohne Schwierigkeiten begriff sie, warum das so war.

Auch der nächste Morgen kam, obwohl Nanni ihn gar nicht wollte. Sie schlief lange und tief und wurde erst wach, als die Mutter sie fragte, ob sie nicht aufstehen wollte. Im Zimmer war ein Klang von eiligen Schritten. Eine Schublade wurde auf- und zugemacht.

Nanni war aufgeschreckt. Sie hätte noch gern geschlafen. Ihre Augenlider waren schwer und wollten sich nicht aufmachen lassen. So ließ Nanni sie zu und schlief gleich darauf wieder ein. Sie spürte, daß es sie in den Schlaf hineinzog wie in ein schwarzes Loch, das warm und weich ausgepolstert war. Dort wollte sie bleiben.

Als die Mutter zum zweiten Mal kam, war ihre Stimme laut. »Es ist schon halb zehn, und du liegst noch im Bett. – Aufstehn!« Dann hörte Nanni ein metallisches Rasseln. Die

Vorhänge wurden aufgezogen. Das grelle Vormittagslicht drang ins Zimmer und machte Nanni augenblicklich hellwach. Sie riß die Augen auf. Die Mutter stand mitten im Licht.
»Jetzt aber heraus, du Faulpelz. Man schläft nicht so lang.«
Die Decke wurde von Nanni weggezogen. »Auf, auf! Kein Herumdösen mehr! So ein herrlicher Tag ist draußen.«
Nanni zuckte zusammen und rollte sich ein. Sofort dachte sie daran, daß ihr Kettchen nicht mehr da war. Ihr Hals war ganz nackt. Sie glaubte, die Mutter müßte das auf den ersten Blick sehen. Aber die Mutter hatte es eilig und schaute nicht viel. Schon war sie wieder aus dem Zimmer gegangen.
Nanni setzte sich auf den Bettrand und tappte nach ihren Sandalen. Ihr Kopf war dumpf, und ihre Arme und Beine waren schwer. Immer noch war sie furchtbar müde und schläfrig. Sie hatte überhaupt keinen Appetit auf das Frühstück und dachte nur daran, daß ihr Kettchen fort war. Sie getraute sich nicht, in das Badezimmer zu gehen, weil die Mutter hineinkommen und ihren nackten Hals sehen konnte. Ich wasch mich heut nicht, dachte Nanni. Doch gerade jetzt hätte sie viel kaltes Wasser gebraucht, um sich munter zu machen. Gern hätte sie ihre klebrigen, verschlafenen Augen gewaschen. Aber sie ging nicht hinaus, solange ihr Hals nicht versteckt war. Auf keinen Fall tat sie das. Es war zu gefährlich.
Nanni schaute das Kleid an, das sie gestern angehabt hatte. Es war ein ganz leichtes und kühles Sommerkleid, das am Hals einen weiten Ausschnitt hatte. Das durfte sie heute auf gar keinen Fall anziehen. Sie öffnete ihren Kleiderkasten und schaute nach, ob ein Kleid darin war, das die Stelle zudeckte, an der der Dukaten sein sollte. Sie suchte und wühlte verzweifelt, aber sie fand keins. Alle Sommerkleider waren weit ausgeschnitten. Schließlich nahm Nanni ein Dirndlkleid aus dem Kasten. Das hatte sie freilich immer nur an, wenn es kalt war. Sein Stoff war dick und mollig

und innen rauh. Es hatte lange Ärmel und konnte hoch herauf zugeknöpft werden.
Nanni zog es an. Es war eng und fürchterlich warm. Seine rauhe Innenseite juckte Nanni. Trotzdem fühlte sie sich in ihm halbwegs sicher.
Sie ging in das Badezimmer, putzte die Zähne und kämmte sich, machte das Handtuch naß und wischte sich das Gesicht ab. Dann blieb ihr nichts übrig, als in die Küche zu gehen, wo auf dem Eßplatz schon ihre Frühstücksmilch stand. Das Brotkörbchen, Butter und Marmelade standen daneben.
Die Mutter riß die Augen weit auf, als sie Nanni sah. Sie sagte: »Mir scheint, du bist übergeschnappt. Wie kann man bei so einer Hitze ein Winterdirndl anziehn!«
»Es ist so schön blau«, sagte Nanni mit wackliger Stimme.
Die Mutter lachte verärgert. »Schön blau und schön heiß. Sag einmal, was hast du denn in den letzten Tagen? Mir scheint, daß du vollkommen durcheinander bist.«
Nanni wehrte sich matt: »So heiß ist es auch wieder nicht.«
»Na, du hast wohl ein Rädchen zuwenig in deinem Kopf. Nach dem Frühstück ziehst du sofort was Kühleres an. Ob du mich verstanden hast?«
»Ja, Mutter«, sagte Nanni.
Unglücklich setzte sie sich zu ihrem Frühstück. Die heiße Milch stand schon zu lange unberührt. Es schwamm eine dicke Haut auf ihr, die runzelig wurde, als Nanni daraufblies. Vor der Milchhaut grauste es Nanni. Sie zog sie ab und legte sie auf die Untertasse. Nicht einmal anschauen mochte sie das unappetitliche Zeug. Auch die Milch war nicht gut. Sie schmeckte säuerlich, obwohl die Mutter sie im Kühlschrank aufbewahrt hatte. Das kam auch daher, daß es ununterbrochen so heiß war. Dagegen konnte man nichts machen, sagte die Mutter.
Nanni trank widerwillig und strich sich ein Butterbrot. Die Butter war schmierig, weil sie schon zu lange auf dem Tisch stand. Eigentlich konnte Nanni nichts mehr hinunterbringen.

Sie mußte aber essen, weil das Brot schon bestrichen war. Die Mutter duldete nicht, daß etwas übrigblieb und verdarb. Ein bestrichenes Brot war unbedingt aufzuessen.
Nanni biß ab und kaute lange an dem Bissen herum. Sie mochte ihn nicht hinunterschlucken, aber es mußte ja sein. Die Mutter warf einen raschen Blick auf sie. »Beeil dich ein bißchen«, sagte sie, »damit du endlich aus deinem warmen Kleid kommst.«
»Darf ich mein Brot mit hinausnehmen?«
»Nein. Die Mahlzeiten ißt man bei Tisch. Aber was hast du denn? Warum schaust du so unglücklich? Ist deine Verdauung noch nicht in Ordnung?«
»Ich glaube – nein.«
»Warum sagst du dann nichts? Warum hast du dein Brot bestrichen? Jetzt verdirbt es. Du weißt, daß mir das gegen den Strich geht, Nanni. Nimm es mit und füttere die Vögel damit. Zu Mittag mußt du halt heute noch einmal fasten.«
»Ja, ja.«
»Dann geh jetzt und zieh dich um. Mir wird heiß, wenn ich dich nur anschau.«
Nanni gehorchte ohne Widerstreben. Sie litt bereits Hitzequalen in ihrem Kleid. Sie ging sich umziehen, und das Brot nahm sie gleich mit, damit sie nicht noch einmal in die Küche kommen mußte. Als sie fertig war, schlüpfte sie aufatmend aus dem Haus.
Sie blieb nicht im Garten, denn auch dort war sie in Gefahr. Auch dort konnte die Mutter mit ihren wachsamen Augen sie sehen. Sie mußte möglichst weit fort. Sie beschloß, in das Dorf zu gehen. Dann fiel ihr ein, daß vielleicht Josefa im Dorf war. Der wollte sie auch auf keinen Fall begegnen. Fast nirgends konnte Nanni jetzt mehr hin.
Auf halbem Weg in das Dorf blieb sie stehen. Es war noch nicht Mittag, und die Luft war schon heiß und schwer. Das Gras und die Blumen am Straßenrand waren staubig. Alle Erde verwandelte sich bei dieser Hitze in Staub. Die Pflanzen

dürsteten nicht nur, sie erstickten auch. Langsam und qualvoll welkten und starben sie.
Von der Straße aus konnte Nanni den Kohlwirthof sehen. Das war der Bauernhof, der Josefas Vater gehörte. Er war ein stolzer, steinerner Hof, zu dem ein steinerner Weg hinaufführte. Links und rechts von ihm waren große Felder. Darauf wuchsen Weizen und Korn, Kartoffeln und Mais. Josefas Vater war ein reicher Bauer. Ob er jetzt wirklich arm wurde, weil es so heiß war? Möglicherweise verlor er sogar seinen Hof, denn der lag ja an einem Abhang des Spielbergs. Wenn sich das Feuer ausbreitete, erfaßte es ihn vielleicht. Nanni sah die Rauchwolken über dem Berg. Ihr schien, daß sie schon wieder näher waren. O Gott!
Erst jetzt besann sich Nanni darauf, daß sie ihr Frühstücksbrot noch in der Hand trug und daß sie die Vögel damit füttern sollte, damit es nicht nutzlos verdarb. Es sah schwammig und unappetitlich aus. Die Butter war in der Hitze zerschmolzen, und was nicht weggetropft war, war ins Brot gesickert. Nannis Hand war ganz fettig. Zum Glück war dem Kleid nichts passiert.
Nanni zerbröselte das Brot und legte die Krumen auf einen Stein. Dann entfernte sie sich ein paar Schritte und stellte sich in den Schatten eines Baums. Sie verhielt sich still, um das scheue Federvolk nicht zu erschrecken und zu verscheuchen, wenn es kam. Aber sie wartete vergeblich auf einen Gast. Kein Vogel stellte sich ein. Die Krumen blieben unberührt liegen, und die Butter sickerte aus dem Brot in den Stein. Der saugte sie auf und färbte sich dunkel. Dicke Fliegen setzten sich in die Schmiere. Von allem, was Flügel hatte, war nur das Ungeziefer unterwegs, die Roßbremsen und die Stechmücken und die Fliegen. Vielleicht waren die Vögel in ihren dicken, warmen Federn verschmachtet. Sie konnten sich nicht, wie die Menschen, was Kühleres anziehen.
Nanni ging ein Stück in die Wiese hinein, riß ein Grasbüschel

aus und reinigte sich die Hände. Das Fett vermischte sich mit dem Staub, der das Gras bedeckte. Nanni wischte das eklige Zeug auf ihre Beine. So lange rieb sie, bis ihre Hand ganz rein war.

Von der Straße rief jemand: »Nanni! Was tust denn da?«

Da stand Erich und freute sich, weil er sie sah. Auch Nannis Freude war groß, aber nur für ganz kurze Zeit. Dann fiel ihr ein, daß sie mit Erich nicht spielen durfte. Aber reden durfte sie ja doch wohl mit ihm. Sie sagte: »Ich füttere die Vögel. Es kommt aber keiner.«

Er lachte: »Dann fütterst halt mich. Ich bin nicht so heikel.«

So freundliche, lustige Augen hatte Erich.

Nanni blieb in der Wiese stehen und hatte Angst, sich Erich zu nähern. Vielleicht war da Josefa irgendwo und konnte es sehen. Weil sie nicht zu Erich kam, kam er zu ihr. Sie standen beieinander im staubigen Gras. Nanni wollte mit einer Ausrede von Erich weggehen. Sie wollte sagen, daß sie schnell etwas einkaufen mußte und daß sie deswegen nicht bei ihm bleiben konnte, aber sie brachte es einfach nicht über sich.

Er sagte: »Du kommst jetzt nie mehr zu meinem Judolehrgang. Warum nicht?«

»Ich hab keine Zeit«, erwiderte Nanni.

»In den Ferien hast du keine Zeit zum Spielen? Was mußt denn so Wichtiges tun?«

»Oh, allerhand.«

Nanni schaute Erich beim Reden nicht an. Sie balancierte auf ihrem linken Bein und zog mit der rechten Fußspitze einen Kreis durch das Gras. Sie tat, als interessierte sie diese Beschäftigung sehr, obwohl nur Erich für sie wichtig war. Erst jetzt, als er wieder da war und mit ihr sprach, wußte Nanni, was für ein Opfer Josefa verlangte, wenn sie Nanni verbot, seine Freundin zu sein. Sie hatte ihn furchtbar gern. Es war immer lustig mit Erich. Sie langweilte sich nie, wenn sie miteinander spielten. Wenn sie allein war, langweilte sie sich doch so oft. Am liebsten hätte sie ihm ihr Herz ausgeschüttet und ihm erzählt, was ihr Josefa Böses antat. Aber dann getraute sie es sich doch nicht.

»Geh, komm heut wieder zum Anger«, sagte Erich.

»Vielleicht. Ich weiß noch nicht, ob ich darf.«

»Dann mußt halt den ganzen Tag besonders brav sein. Nicht stehlen, nicht lügen. Keinen Teller zerschmeißen. Dann lassen sie dich schon gehn.«

Nanni wußte, daß Erich sie jetzt ein bißchen aufzog. Aber sogar das gefiel ihr und freute sie. Sie mußte sich sehr zusammennehmen, daß sie nicht lachte.

»Weißt was«, sagte Erich, »komm mit. Ich geh auf den Spielberg. Da sind heut Hubschrauber oben – zum Feuerlöschen.«

Nanni zuckte erschrocken zusammen. »Auf den Spielberg geh ich nicht – nein!«

»Hast Angst vor dem Waldbrand? Vor dem brauchst dich nicht fürchten. So nahe kommen wir da gar nicht hin. Wir schaun nur von weitem zu.«

Nanni schüttelte nur den Kopf und starrte ihn an.

Erich lachte. »Na, du bist wirklich ein Angsthas. Es ist sowieso alles abgeriegelt. Dort, wo es gefährlich ist, darf jetzt niemand mehr hingehn. Da ist ein Großeinsatz gegen den Waldbrand, der interessiert mich. Komm, geh mit, sei kein Feigling, Nanni!«

»Nein, ich geh nicht!« Sie fauchte ihn an, und er lachte und wunderte sich.

»Dann geh ich allein. Macht auch nichts. Ich erzähl dir nachher, wie es war. Aber komm wenigstens wieder zu meinem Judokurs auf den Anger.«

Nanni versprach zu kommen, nur damit Erich ging. Und doch wünschte sie sich so brennend, daß er bei ihr blieb. Er war schon ein Stück von ihr fort, als sie ihm nachrief: »Erich, paß auf, daß dir nichts passiert!«

Er blickte über die Schulter zurück und lachte und wedelte mit der Hand: »Nein, nein! Mir passiert nichts.«

Dann war Nanni wieder allein. Sie war einsamer als vorher. Jetzt mochte sie erst recht nicht mehr in das Dorf gehen. Außerdem mußte sie heim zum Mittagessen. Etwas sehr Unangenehmes stand ihr bevor.
Sie ließ sich viel Zeit mit dem Nachhausegehen, und als sie vor dem Gartentor stand, wäre sie am liebsten wieder davongelaufen. Aus dem offenen Küchenfenster roch es gut. Es gab Nannis Lieblingsessen: gefüllte Paprika. Da fiel Nanni ein, daß sie fasten mußte, weil die Mutter glaubte, daß sie noch Magenweh hatte. Das tat ihr jetzt leid, aber da gab es bestimmt keinen Pardon. Hineingehen mußte sie trotzdem. Sie mußte zu Mittag daheim sein, ob sie etwas aß oder nicht. Die Mutter wünschte das.
O Gott, jetzt war der gefährliche Augenblick da. Nanni mußte mit nacktem Hals vor die Mutter treten. Die Knie zitterten ihr, als sie in die Küche ging. Sogar der Appetit auf ihr Lieblingsessen war fort. Die Mutter schaute Nanni nur flüchtig an und gebot ihr, den Tisch zu decken. Nanni tat es. Der Eßtisch stand im Wohnzimmer in einer Nische, gleich neben der Tür, die in die Küche führte. Durch die offene Tür hörte Nanni die Schritte der Mutter. Sie dachte erbittert: Immer bespitzelt sie mich. Und immer hat sie was an mir auszusetzen.
Der Tisch war gedeckt, und der Vater kam. Die Mutter trug die gefüllten Paprika auf. »Nanni fastet noch«, sagte sie. »Sie hat sich den Magen verdorben.«
»Setz dich trotzdem zu uns an den Tisch, Kind«, sagte der Vater. Nanni hätte sich lieber in ihr Zimmer verdrückt. Aber das ging jetzt nicht mehr, weil der Vater sie nicht mehr fortließ. Nanni kam gottergeben und setzte sich. Ihre Hände waren ganz kalt, obwohl es so heiß war. Bald würde die Mutter sie anschauen ... Nanni wünschte schon, daß es vorbei sein sollte, egal, welche Strafe sie dann auf sich nehmen mußte.
Die Mutter sagte etwas zu Nanni, schaute sie dabei an und

bemerkte noch nichts. Aber Nanni war unter ihren Augen zusammengezuckt. Es war schrecklich. Fortwährend mußte man auf der Hut sein. Vielleicht bemerkt sie es doch nicht, dachte Nanni. Schon fing ein Hoffnungsflämmchen zu brennen an. Die Mutter aß mit viel Andacht und Appetit. Bald würde die Mahlzeit vorbei sein, und Nanni räumte den Tisch ab. Dann durfte sie wieder aus dem Haus gehen und war bis zum Abendessen außer Gefahr.
Der Vater lobte die Speise. Er aß sehr geschwind, weil er sich noch ein bißchen hinlegen wollte, bevor er zu seinen Krankenvisiten fuhr. Er sagte: »Es gibt jetzt furchtbar viel kranke Leute. Immer wieder gibt es wo einen Kreislaufkollaps, und die alten Leute sterben nur so dahin, besonders dann, wenn einer ein schwaches Herz hat.«
Nanni machte sich klein. Ich bin schuld daran, dachte sie. Ein Glück, daß Josefa wenigstens *das* nicht weiß. Nanni stellte sich vor, daß sie auch an der Hitze starb. Ob dann Josefa ein schlechtes Gewissen hatte, weil sie so böse und herzlos gewesen war? Nein, der würde das sicherlich vollkommen gleichgültig sein. Aber Erich würde Nanni vielleicht vermissen.
Das Mittagessen ging vorbei, und die Mutter bemerkte nicht, daß das Kettchen fehlte. Nanni hatte noch einmal Glück gehabt. Sie sprang eifrig auf und brachte den Tisch in Ordnung. Sie trug das schmutzige Geschirr in die Küche, wischte mit einem feuchten Tuch die Tischplatte ab und rieb sie mit einem reinen und rauhen Tuch trocken. Noch nie war sie so schnell damit fertig gewesen. Einmal mußte sie noch in die Küche gehn und das trockene Wischtuch an seinen Haken hängen. Dann rief sie »Auf Wiedersehen!« und huschte davon. Sie hatte schon die Türklinke in der Hand, als sie plötzlich ganz deutlich den Blick der Mutter spürte. Der traf sie genau im Nacken, das spürte sie auch. Und dann fragte die Mutter: »Wo ist denn dein Kettchen, Nanni?«
»Oh, ist es weg?« fragte Nanni. Sie tappte nach ihrem Hals.

Sie tat, als ob sie erschrocken wäre, und das stimmte ja auch. Sie war wirklich furchtbar erschrocken. Sie hörte, wie die Mutter auf sie zukam, doch sie getraute sich nicht umzuschauen. Dann packte die Mutter sie bei den Schultern und drehte sie um.

»Warum bist denn jetzt so rot geworden, Nanni?«

»Das weiß ich nicht.«

»Aber ja, das weißt du sehr gut. Und ich kann mir jetzt auch schon denken, was los war. Das Kettchen war schon in der Früh nicht mehr da. Darum hast du dein Winterdirndl angezogen.«

»Nein«, sagte Nanni kläglich.

»Lüg mich nicht an!« Die Stimme der Mutter war jetzt zornig und scharf. Nanni riß die Augen auf und war niedergeschmettert. Sie starrte die Mutter an, sah ihr bitterböses Gesicht und konnte kein Wort sagen, so fürchtete sie sich. Die Mutter hielt sie noch immer bei den Schultern gepackt und schüttelte sie jetzt heftig. »Rede! Ich dulde nicht, daß du lügst. Ich hasse alle Lügner. Sie sind abscheulich. Ich tu dir ja nichts. Du weißt, daß ich dir nichts tu. Aber sag mir die Wahrheit, Nanni, und zwar sofort. Du hast gewußt, daß das Kettchen nicht mehr da ist. Darum hast du dein Winterkleid angezogen. Stimmt's?«

»Ja«, sagte Nanni leise und senkte den Kopf.

»Na also.« Die Mutter ließ sie los. »Dann ist alles in Ordnung, dann ist dein Kettchen im Haus. Ich hab es gestern zufällig angeschaut, bevor du schlafen gegangen bist. Und ich hab mich noch heimlich gefreut, weil du so gut darauf aufpaßt. Also kannst du es heut nicht auf der Straße verloren haben. Es wird irgendwo im Bett sein. Wir suchen es später. Wahrscheinlich ist es unter die Matratze gerutscht.«

»Ich weiß wirklich nicht, wo es hingerutscht ist«, sagte Nanni. Für sie war gar nichts in Ordnung – im Gegenteil. Jetzt wurde die ganze Sache erst recht gefährlich. Wenn nämlich die Mutter das Kettchen im Haus nicht fand, dann

erriet sie alles. Das dauerte dann nicht mehr lang. Sie würde es als Beweis betrachten, daß Nanni in der Nacht fort gewesen war, obwohl sie es ihr verboten hatte. Dann würde sie wissen wollen, warum, und zwar ganz genau.
Für den Augenblick war sie aber beschäftigt. »Also geh jetzt«, sagte sie. »Und lüg mich in Zukunft nicht an, das vertrag ich nicht. Für mich ist ein Lügner so schlecht wie ein Mensch, der stiehlt.«
Nanni rannte hinaus. Die Hitze war wirklich schlimm. Es war gut denkbar, daß jemand, der alt und krank war, sie einfach nicht mehr aushielt und tot umfiel. – Wenn nur endlich der Regen käme, dachte Nanni. Josefa verlangte von ihr, daß sie ihn wiederbrachte. Aber sie hatte wirklich keine Ahnung, wie. Das Fortzaubern war so leicht gewesen. Sie hatte nur einen Spruch aufgesagt, der ihr einfach so in den Sinn gekommen war. Vielleicht konnte sie den Regen auf die gleiche Art rufen. Nanni stand mitten auf dem Weg, fast an der gleichen Stelle wie damals. Nur war sie jetzt allein, Josefa war nicht bei ihr. Sie schaute starr in die Luft. Die flimmerte, weil sie so heiß war. Dann sagte Nanni irgendwas, was ihr einfiel:

»Regen, Regen, lösch das Feuer.
Regen, Regen, komm zurück.«

Es war seltsam, die eigene Stimme zu hören und zu wissen, daß man eigentlich mit niemandem sprach. Fast schämte sich Nanni, nur wußte sie nicht, vor wem. Ihre Augen suchten den Himmel ab, ob nicht irgendwo eine Wolke war – aber nichts. Es gab nur Bläue und die schreckliche Sonnenglut. Nanni dachte: Wahrscheinlich muß ich noch warten. Ein paar Minuten hat es ja damals auch gedauert. Und dann sind die Wolken auf einmal, husch, husch, verschwunden. So was hab ich noch nie gesehn. Das war wirklich ein Wunder. – Sie wartete und hoffte inständig, aber nichts geschah. Der Regen kam nicht. Es wurde höchstens noch heißer.

Als sie zum Brunnen kam, war Josefa noch nicht da. Sie hat es wirklich nicht ernst gemeint, dachte Nanni. Aber dann tauchte eine schwarze Gestalt mit zwei Eimern auf. Josefa war pünktlich. Sie ging auf den Brunnen zu und schaute Nanni hochmütig an. Sie stellte den einen Eimer auf das steinerne Becken und schaute wortlos zu, wie das Wasser hineinrann. Leise und unsicher sagte Nanni:
»Grüß dich.«
»Wie sagt man zu mir?« fuhr Josefa sie an. Nanni wußte nicht, was sie meinte, und schaute betroffen.
»Das heißt: Guten Tag, gnädige Frau. Also sag es!«
»Nein!« In Nanni sträubte sich alles. »Das kann ich zu dir nicht sagen. Du bist ja ein Kind.«
»Wer ich bin, weiß ich selber. Aber du mußt tun, was ich will.« Josefa wartete, bis der Eimer voll war. Dann fragte sie: »Na, wird's? Wie mußt zu mir sagen?«
»Guten Tag, gnädige Frau.«
»Na also. Jetzt geht's ja schon. Und das nächste Mal sagst es sofort. Du weißt schon, was sonst passiert.« Jetzt hob sie den zweiten Eimer auf den Brunnen. Als auch er voll war, sagte Josefa: »So, jetzt nimmst sie. Jetzt tragst sie für mich auf den Berg bis zu unserem Hof.«
Nanni hob sie auf. Sie waren entsetzlich schwer. Noch nie hatte sie so was Schweres tragen müssen. Sie ging ein paar Schritte. Die Eimer zogen an ihr. »Die kann ich nicht tragen«, sagte Nanni. »Die sind mir zu schwer.«
»Die sind für dich nicht schwerer als für mich. Oder soll ich deiner Mutter erzählen, wo du in der Nacht gewesen bist?«
Nanni sagte nichts mehr. Zum zweiten Mal nahm sie die Eimer. Jetzt konnte sie wenigstens aufrecht mit ihnen stehen. Schnell ging sie ein Stück und stellte sie sofort wieder hin. Wenn es so weiterging, trug sie bis morgen an dieser Last.
Josefa sagte: »Das hab ich täglich gemacht. Jetzt sollst auch einmal probieren, wie das ist.« Nanni hob wieder die Eimer auf und trug sie.

Sie war verzweifelt. Die Handflächen taten ihr weh, und außerdem war die heißeste Tageszeit. Sie schleppte die beiden Eimer durch Grafenweiler. Die Leute, die ihnen begegneten, schauten sie merkwürdig an. Wahrscheinlich wunderten sie sich, daß sie so schwer tragen mußte und daß ihr Josefa keinen Eimer abnahm. Immer wieder mußte sie lange Rastpausen machen. »Ich kann nicht mehr«, sagte sie kläglich. »Mir ist so heiß.«
»Wenn sie dich verbrennen, weil du eine Hex bist, ist es noch heißer.«
»Verbrennen?«
»Na klar. Du hast ja gehört, was dein Vater gesagt hat.«
»Nein«, sagte Nanni, »das tun die Leute bestimmt nicht. Das haben sie nur in früheren Zeiten gemacht.«
Josefa kicherte: »Wirst schon sehn. Wenn's so weitergeht mit dem Wetter, schnappen sie dich.«
Nanni bückte sich nach den Eimern und trug sie weiter. Da war der Traktorenweg, der zum Kohlwirthof führte. Ein paar hundert Schritte war Nanni gegangen, und Tausende lagen noch vor ihr. Jetzt kamen sie Gott sei Dank durch ein Waldstück, das Schatten warf. Josefa war schon ein Stück vorausgegangen. Sie war ungeduldig, weil Nanni so lange brauchte, und trieb sie an. Aber es ging nicht schneller, das mußte sie einsehen. Sie blieb stehen und wartete, bis Nanni nachkam. »Unser Traktor ist eigentlich schon wieder repariert«, sagte sie. »Wir hätten das Wasser mit ihm auf den Hof führen können.«
»Warum muß ich dann Eimer tragen?« fragte Nanni.
»Damit du weißt, wie lustig das ist. Und damit du die Strafe kriegst, die du dir verdient hast.«
So eine Gemeinheit, dachte Nanni erbittert. Sie war nahe daran, es zu sagen, dann tat sie es doch nicht. Sie sah Josefa in ihren Trauerkleidern und wurde daran erinnert, daß Gustav tot war.
Jetzt führte der Weg wieder in die Sonne hinaus. Die Hitze

am Berghang war wie ein Schlag auf den Kopf. Nannis Handflächen waren schon geschwollen und rot. »Ich hab Durst«, sagte sie. »Ich will Wasser trinken.«
»Nix wirst trinken. Davon wirst nur noch mehr durstig und müd. Das mußt schon aushalten, bis wir oben sind. Ich hab es auch jeden Tag aushalten müssen. Und du mit deinem Zauberspruch warst daran schuld.«
Nanni war wütend. Sie hätte gern was getan, damit Josefa von diesem Wasser auch nichts kriegte. Es wäre herrlich gewesen, es auszuschütten, mit Schwung, daß man es klatschen hörte, und zu schauen, wie es auf den heißen Steinen verzischte. Sie hatte einen üblen Geschmack im Mund. Außerdem war sie schwindlig und hatte Kopfweh. Sie trocknete sich mit dem Arm ihr Gesicht und wischte sich Schweiß in den Mund. Er war salzig. Ihr grauste davor. Auch unter Nannis Kleid rann der Schweiß. Sie war schon ganz naß in den Achselhöhlen. Der verschwitzte Stoff scheuerte ihre Haut auf. Es tat überall weh, an den Händen, Armen und Beinen. Aber einmal, nach tausend Ewigkeiten, ging es vorbei. Da war das Haus und davor der große Hof. Hühner badeten im Staub ihr Gefieder. Endlich Schatten! Nanni atmete auf.
Bevor sie durch das Hoftor gingen, sagte Josefa: »Jetzt gib mir die Eimer.«
Nanni stellte sie ab, und Josefa nahm sie. Dann schritt sie mit dem Wasser so stolz durch das Tor, als hätte sie es vom Tal auf den Berg getragen.
Im Hof war nichts Lebendiges außer den Hühnern. Die Leute waren wahrscheinlich beim Feuerlöschen im Wald. In einem offenen Schuppen waren die Landmaschinen abgestellt, der Traktor, der wieder repariert war, und der große Mähdrescher mit seinem knallblauen Blechgehäuse. Ein flacher Korb stand, mit Kleie gefüllt, auf einer Bank vor dem Haus.
Plötzlich trat eine Frau aus der Tür. Sie war groß und knochig und auch ganz in Schwarz, nur trug sie eine blaue

Schürze über dem Kleid. Josefas Mutter war das. Sie schaute Nanni mißtrauisch an.
»Guten Tag«, sagte Nanni. Sie bot Josefas Mutter die Hand.
»Guten Tag«, gab diese zur Antwort. Es klang fast mürrisch. Sie gab Nanni widerwillig die Hand, die groß und sicherlich auch sehr stark war. Aber der Händedruck war weich und schlaff.
»Ich hab für Sie Wasser getragen«, sagte Nanni. Sie hatte sich sehr geplagt und wartete auf ein Lob.
»Dann bring ihr ein Glas Milch heraus«, sagte die Bäuerin zu Josefa. Darauf ließ sie die beiden Mädchen allein und schritt über den Hof.
»Geh mit ins Haus«, sagte Josefa. »Trink drinnen deine Milch.« Nanni folgte ihr gern in den schattigen Hausflur. Josefa flüsterte: »Ich hab einen Zorn auf dich. Was redest so dumm daher vom Wassertragen. Das geht niemanden was an, nur dich und mich. Wenn du es weitersagst, sag ich auch was weiter.«
Sie gingen in die Stube. Dann brachte Josefa die Milch. Nanni nahm sie und setzte sich an den Tisch, unter den Herrgottswinkel mit der elektrischen Kerze, und trank. Alles war gut. Alle Anstrengung war vergessen. Die Milch stillte nicht nur den Durst, sie linderte auch die Schmerzen. Sie war ein süßer, milder und kühler Frieden.
Josefa hatte zu tun. Sie ließ Nanni allein. Im Haus waren ihre polternden Schritte zu hören. Etwas später wurde es still. Wo war Josefa? Nanni trank ihre Milch aus und ging Josefa suchen.
Das Bauernhaus und der Hof davor waren nur von den Hühnern und den Spatzen belebt. Auch Josefas Mutter war nicht mehr da. Nanni ging durch das leere Haus, weil sie sich von Josefa verabschieden wollte. Dabei kam sie in eine Speisekammer, in der Töpfe voll Schmalz auf dem Boden standen und Räucherfleisch mit rußigen Schwarten von der

Decke hing. Ein Fliegengitter mit engen Maschen war über das ganze Fenster gespannt und warf einen Schatten, den man nicht sah, nur spürte. Auf einer Stellage lag ein Butterwecken. Neben der Tür stand eine riesige Tiefkühltruhe. Beim Anblick des Räucherfleischs und des Butterweckens spürte Nanni, daß sie sehr hungrig war. Sie hatte ja auch den ganzen Tag nichts gegessen.
»Josefa!« rief sie. Keine Antwort kam. Nur eine dicke Fliege prallte gegen das Fenstergitter. Nanni zog sich zurück und schloß die Tür. Sie mußte Josefa woanders suchen. Da sie im Erdgeschoß niemanden fand, stieg sie ins erste Stockwerk hinauf, wo viele verschlossene Türen waren. Sie machte eine auf und kam in ein kleines Zimmer, sie sah einen Schrank, einen Tisch, ein gemachtes Bett. In einer Vase stand ein staubiges Strohblumenbüschel. Josefa war nicht da. Wo mochte sie sein?
Als Nanni wieder in den großen Vorraum hinaustrat, hörte sie ein Geräusch und ging ihm nach. Sie hörte ein Wimmern und dann einen leisen Schrei. – Vielleicht ist Josefa in Gefahr, dachte Nanni. Sie beeilte sich, um ihr beizustehen. Jetzt hörte sie deutlich, woher das Wimmern kam. Sie öffnete die Tür zu einem Raum, der sehr groß war. Ein Schlafzimmer war das. Zwei Betten standen darin, und in einem der Betten lag eine kranke Frau. Sie warf sich hin und her, hatte glühende Fieberwangen, und Josefa stand neben ihr und flößte ihr ein Getränk ein. Dann sah sie, daß Nanni in der offenen Tür stand. »Komm herein«, sagte sie. »Das ist die Veronika. Es wird immer schlechter mit ihr. Wer weiß, ob sie nicht ins Spital muß.« Jetzt wußte Nanni, daß das Gustavs Frau war.
»Wenn sie stirbt, bist du an dem auch schuld«, sagte Josefa. Die kranke Veronika begann kläglich zu weinen. Nanni stand starr in der Tür und schaute sie an. Dabei sah sie genau, wie es in dem Zimmer aussah, obwohl das vollkommen unwichtig war und sie überhaupt nicht interessierte. Sie sah das

zweite, zugedeckte Bett und darauf ein Kissen, das mit Rosen bestickt war, und über den Betten zwei Bilder in goldenen Rahmen. Auf einem war eine Wiese zu sehen und tanzende Frauen in Schleiergewändern. Das zweite war eine Fotografie mit einem Trauerflor über dem Rahmen. »Schau ihn nur an – das war der Gustav«, sagte Josefa.
Da kam Bewegung in Nanni. Sie hielt sich die Ohren zu, damit sie das Wimmern der kranken Frau nicht mehr hörte, dann stürzte sie aus dem Zimmer und rannte davon. Sie hörte Josefa rufen: »Wart auf mich!« Aber nein, sie fürchtete sich, sie wollte nicht warten.
Im Erdgeschoß holte Josefa sie ein. Sie sagte: »Jetzt hast gesehn, was mit der Veronika los ist. Aber du kannst ihr nicht helfen, wenn du davonrennst. Das ist nur ein Beweis, wie feig du bist.«
Nanni folgte ihr willenlos in die Stube. Unter dem Herrgottswinkel stand noch das leere Milchglas. Jammervoll flüsterte Nanni: »Was soll ich denn tun?«
»Das sag ich dir schon. Du tust alles, was ich von dir will.«
Da standen sie in dem stillen Zimmer. Josefa wartete ab, und Nanni schwieg. Einmal seufzte sie tief. Sie fühlte sich wie unter Steinen begraben. Dann schaute sie ihre geschwollenen Handflächen an. Morgen würde sie Blasen bekommen – ganz bestimmt. Aber das würde vorbeigehen, das war nicht schlimm. Andere Dinge waren viel, viel schlimmer.
»Josefa!«
»Wie mußt zu mir sagen?«
»Gnädige Frau. – Bitte, Josefa, gib mir mein Kettchen zurück.«
»Deine Halskette? Ist das so wichtig, daß du die zurückkriegst?«
»Ja, weil meine Mutter sie jetzt im Haus sucht. Und wenn sie sie nicht findet, dann muß ich ihr sagen, daß ich in der Nacht bei der Mühle war. Sie ist sowieso heut schon furchtbar zornig gewesen.«

Josefa lachte. »Da regt sie sich aber geschwind auf. Wegen so einer Halskette täte sich *meine* Mutter nichts an.«
»Sie ist ja auch hauptsächlich zornig geworden, weil ich sie deswegen angelogen hab. Das kann sie nicht leiden.«
»Ah so?«
Nanni erschrak. Sie wußte schon, was jetzt kam. Sie hatte schon wieder einen großen Fehler gemacht. Langsam sagte Josefa: »Da kennt sie dich aber schlecht. Wenn die erst draufkäme, was du *mir* für Geschichten erzählt hast. Und alles zusammengelogen. Kein Wort war wahr. Du lügst ja dauernd, wenn du nur den Mund aufmachst.«
»Bitte, gib mir mein Kettchen«, sagte Nanni.
»Kommt nicht in Frage. Geschenkt ist geschenkt.«
»Ich hab es dir nicht geschenkt. Du hast es mir weggenommen. Du bist eine Diebin.«
»Was bin ich?« fauchte Josefa. »Eine Diebin bin ich? Und du? Du bist eine Hex. Wenn ich das den Leuten sag, dann schnappen sie dich. Sie verbrennen dich auf dem Scheiterhaufen. Bei lebendigem Leib verbrennen sie dich.«
»Das glaub ich dir nicht!« schrie Nanni. »Das ist nicht wahr!« Und trotzdem erinnerte sie sich plötzlich daran, wie heiß die Zündholzflamme gewesen war. Nur eine kleine, harmlose Zündholzflamme . . .
Josefa griff in ihre Kleidertasche. Sie brachte ein Taschentuch, ein paar Schillingmünzen und schließlich das Kettchen mit dem Dukaten zum Vorschein. Auf der offenen Hand hielt sie es Nanni hin. »Da, nimm, wennst dich traust. Aber du traust dich ja gar nicht. Du fürchtest dich vor dem, was ich dann tu.«
Ja, Nanni fürchtete sich, sie wußte schon nicht mehr, wovor. Sie hatte Angst, sobald sie zu denken anfing, vor der Mutter, den Leuten im Dorf und am meisten wohl vor Josefa. Wenn sie Josefa nur anschaute, zitterte sie. Sie warf einen sehnsuchtsvollen Blick auf ihr Kettchen, aber sie ließ es liegen, sie nahm es nicht. Josefa lachte und steckte es wieder ein.

»So, und jetzt schau, daß du weiterkommst«, sagte sie. »Ich brauch dich für heut nicht mehr. Vielleicht brauch ich dich morgen wieder.«
Nanni kehrte sich mit gesenktem Kopf von ihr ab und ging. Sie trat aus dem dumpfen Haus in die stickige Hitze hinaus und überquerte den Hof. Ein Schwarm Spatzen flog vor ihr auf. Ein böser Geruch nach Brandrauch war in der Luft. Am Fuß des Spielbergs lag das Dorf im weißen Sonnenlicht. Es sah traurig und ungeschützt aus, und das Feuer war nah. In einem Märchenbuch hatte Nanni gelesen, daß es gute, hilfreiche Geister gab. Aber die guten Geister waren nicht mehr da. Sie hatten sich in ein kühles Land mit rauschenden Gewässern zurückgezogen. Dort dachte keiner von ihnen an Nannis Not.
Sie ging den Berg hinunter und nach Haus. Die Arme taten ihr weh vom Wassertragen. Bis in die Schultern spürte Nanni den Schmerz. Sie kam vor dem Abendessen heim, doch sie ging nicht gleich in das Haus. Sie blieb noch im Garten. Sie hatte das Gefühl, daß sie unrein war, weil sie Josefa hatte dienen müssen, und daß jeder Mensch das auf den ersten Blick sah. Es war so verräterisch wie ein verweintes Gesicht.
Sie suchte Schatten und fand ihn beim Zaun, wo Schneeball- und Fliederbüsche wuchsen. Auch eine Bank war da. Nanni setzte sich hin. Einmal hörte sie Stimmen in der Nähe. Ihre Mutter sprach mit der Nachbarin, und sie merkte, daß von ihr die Rede war. »Nanni ist leicht zu lenken. Sie ist brav. Sie macht keine Schwierigkeiten wie andere Kinder.«
Nanni hätte sich freuen können, als sie das hörte. Aber sie freute sich nicht, sie wurde nur noch betrübter. – Oh, wenn du wüßtest, dachte sie. – Sie machte sich klein im Schatten und schämte sich sehr. Und sie stellte sich vor, dies alles wäre vorbei, die Schande, die Angst, und Josefa wäre tot. Sie wäre elend an ihrer Bosheit zugrunde gegangen. Das würde ein Aufatmen und ein Entzücken sein.

Wenn Nanni allein war, erfand sie manchmal ein Spiel, für das sie keinen Gefährten brauchte. Das allerneueste hieß »Honigsammeln«. Mit einem kleinen Löffel und einem Trinkglas ging sie zum Holzplatz, der zum Sägewerk gehörte. Zu hohen Stapeln waren da die Bretter aufgeschichtet, blanke, frisch geschnittene Bretter mit würzigem Geruch. Jeder Stapel trug ein schräges Dach, damit der Regen abrinnen konnte, falls einer kam. Darunter war gerade Raum genug, daß Nanni darin sitzen konnte und glauben konnte, sie hätte ein eigenes Haus. Schon am Morgen war sie hier gewesen und hatte es schön mit Blumen geschmückt, mit allem, was rings um den Holzplatz blühte. Auch Vorräte hatte sie angelegt, für den Fall, daß sie länger da wohnen mußte, zum Beispiel, wenn sie einmal von daheim fortging. Sie hatte am Straßenrand Fallobst gesammelt – kleine Birnen und Zwetschken, die lagen in einer Schachtel und würden Nanni vor dem Verhungern bewahren.
Ja, und das wichtigste war natürlich der Honig. Der war sehr nahrhaft und verdarb nicht so schnell. Es machte nichts, daß es in Wirklichkeit gar keiner war. Es war Harz. Aus den Brettern trat es in goldgelben Tropfen. Die sanken langsam, an zähen Fäden tiefer. Unwiderstehlich sahen sie aus, klar und dick und von wunderbarem Geruch. Nanni hütete sich, von dem Harz zu kosten, damit sie glauben konnte, daß es auch süß war.
Mit dem Löffel löste sie die Tropfen ab und strich sie mit einem Holzsplitter in das Glas. Die Ausbeute war nicht groß und doch tausendmal mehr als das, was eine Biene vom Honigsammeln heimbringt. Nanni hatte viel Zeit und war geduldig. Einen Holzstapel nach dem anderen suchte sie ab. Überall fand sie frisches, flüssiges Harz, das willig in den Löffel rann, und als es in ihm zusammenlief, sah es wirklich wie echter Honig aus.
Nach getaner Arbeit erkletterte Nanni wieder ihr Haus und kroch hinein. Dann legte sie sich auf den Rücken, im Ge-

nick einen klobigen Balken, der quer lief und zum Niederhalten der Bretter diente. Durch die Fugen im Dach drang Sonnenschein. Er war gedämpft und rötlich wie das Licht, das man durch die geschlossenen Finger scheinen läßt. Nanni war sehr allein, aber gut versteckt. Wer ihr etwas tun wollte, mußte lange nach ihr suchen.

Mit der Zeit wurde ihr aber doch sehr heiß, und sie wollte lieber nach Hause gehn. Das Glas mit dem Vorrat an Honig nahm sie mit. Es war nicht viel, kaum war der Boden des Glases bedeckt, obwohl Nanni so fleißig gesammelt hatte. Aber morgen und übermorgen würde sie wiederkommen. Sie würde in ihrem Haus Brot und Würfelzucker verstecken. Der Vorrat mußte für viele Tage reichen, damit sie sich im Notfall verkriechen konnte, bis sie im Herbst in das Internat in der Stadt kam.

Als Nanni auf dem Heimweg war, dachte sie: Hoffentlich seh ich Josefa heute nicht. – Das würde ein schöner Tag ohne Schande und Angst sein. Auch gestern hatte sie Ruhe gehabt – da war Gustavs Begräbnis gewesen. Ihr Vater war mit dem Trauerzug mitgegangen. Das tat er immer, wenn aus dem Dorf jemand starb. Er sagte, für einen Landarzt gehörte sich das.

Nanni hatte vergeblich auf Ruhe gehofft. Als sie auf den Traktorenweg einbog, sah sie Josefa. Sie mußte sie unbedingt noch früh genug erwischen. Josefa durfte nicht wieder ins Haus zu den Eltern. »Josefa!« schrie Nanni. »Wart auf mich!«

Die schwarze Josefa schaute sich um. Nanni rannte ihr nach und blieb nach Luft schnappend bei ihr stehen. »Schau, was ich da im Glas hab«, sagte sie.

»Was ist denn das?«

»Echter Honig.«

»Laß kosten«, sagte Josefa und machte den Mund auf.

Nanni gab ihr den klebrigen Löffel. Josefa schaute ihn nicht an und schleckte ihn ab. Ihr Gesicht war im ersten Augenblick arglos und leer, dann verzerrte es sich vor Zorn und wurde blutrot. Josefa kreischte: »Pfui Teufel, das ist ja Pech!« Sie spuckte wie wild in das Gras, und ihr Hals war vor Ekel geschwollen. Lange Zeit würgte und spuckte sie, und Nanni schaute ihr ganz verstört dabei zu. Plötzlich ging Josefa mit den Fäusten auf sie los. »Du boshaftes Luder du!« schrie sie. »Du hast mich hereingelegt!«

Nanni duckte sich erschreckt vor Josefas Fäusten. Sie stammelte: »Ich hab dich nicht ärgern wollen. Bestimmt nicht! Ich hab wirklich geglaubt, es ist süß.«

»Kost selber, wie süß, du gemeines Luder! Da!« Josefa fuhr mit dem Finger in das Glas, zwang Nanni, den Mund aufzumachen, und schmierte ihr Pech hinein. Es schmeckte tatsächlich gallbitter, wie Pech eben schmeckt. Und doch hatte Nanni Josefa nicht täuschen wollen. Was sie ihr angeboten hatte, war Honig gewesen. Sie hatte vergessen gehabt, daß es in Wirklichkeit Pech war. Sie wußte nicht, wie sie Josefa das klarmachen sollte. Die schimpfte und fauchte immer noch. »Dauernd lügst du, du Hex. Du kannst überhaupt nur lügen. Jetzt geh ich aber zu deiner Mutter und sag's ihr.«

»Bitte nicht!« flehte Nanni. »Bitte, geh nicht zu ihr. Verlang von mir, was du willst. Wenn ich kann, dann tu ich's.«

Josefa beruhigte sich. Sie schaute finster auf Nanni. Sie fragte: »Wann zauberst denn endlich den Regen zurück?«

»Ich weiß nicht. Ich hab's schon probiert. Ich hab einen Spruch aufgesagt. Er hat aber nichts genützt.«

»Das ist kein Wunder. Die Hexen können wahrscheinlich nur Schaden machen. Den Schaden wiedergutmachen können sie nicht.«

Verzagt dachte Nanni nach, dann sagte sie: »Ich werd was anderes probieren. Vielleicht hilft es.«

»Was denn?«

»In die Kirche gehn und beten.«

»Du liebe Zeit! Da geh ich aber mit.« Josefa lachte. Endlich war sie versöhnt.

»Wart«, sagte Nanni, »ich bin gleich wieder da. Ich bring nur das Glas und den Löffel heim.« Sie rannte nach Haus und war im Nu wieder bei Josefa.
Sie gingen die heiße Straße entlang. Kein Schatten milderte das Wüten der Sonne. Der Asphalt war klebrig und zäh wie Leim. Man sah die Fußabdrücke, wenn man hineintrat.
Josefa begleitete Nanni auf dem ganzen Weg durch das Dorf. Die Kirche lag auf einem Hügel am anderen Ende von Grafenweiler. Sie stand weiß und stattlich oben, mit einem frisch vergoldeten Turm, der höher als alle Türme im weiten Umkreis war. Es gehörte sich für ein reiches Dorf, eine solche Kirche zu haben. Sie reckte sich wie ein prächtiger Hahn. Eine breite Treppe führte hinauf.
Josefa wollte mit Nanni bis in die Kirche mitgehn und zuschauen, wie sie betete. Aber Nanni wollte das nicht. »Nein, bitte bleib draußen«, sagte sie. Es klang nicht wie eine Bitte. Es war auch keine. Josefa merkte das deutlicher, als Nanni es merkte. »Von mir aus, dann wart ich draußen«, sagte sie.
Nanni trat durch das Hauptportal, nahm Weihwasser, schlug ein Kreuz und ging zum Hochaltar, vor dem sie niederkniete. Sie war so allein, wie man nur an einem Wochentag in einer Kirche sein kann, und war froh, daß niemand sie störte. Die Engel rings um den Hochaltar lachten sanft und selig und fürchteten sich alle nicht vor dem Feuer.
»Liebe, heilige Engel«, sagte Nanni, »bitte macht, daß der Regen kommt.«
Die Figuren blickten sie freundlich und lieblich an und sahen aus, als hätten sie nichts gehört.
Nanni wiederholte ihre Bitte: »Wir brauchen so dringend Regen, weil der Wald brennt.«
Die Engel schwebten in dicken, schaumweißen Wolken und schienen erstaunt zu fragen: »Was ist Regen?«
Da machte Nanni die Augen zu und sagte mit ihrer inneren Stimme zu Gott: »Bitte, bitte, hilf uns gegen das Feuer!«

Dann war sie ganz kraftlos und hatte getan, was sie konnte. Sie blieb noch eine Weile vor dem Allerheiligsten stehen, sah das farbige Sonnenlicht durch die Glasfenster fallen und fühlte sich müd, als läge ein langer Weg oder ein langes Leben hinter ihr. Die Kirchenstühle standen ernst und dunkel da. Nanni ging umher und schaute die Bilder an. Sie trat leise auf und hätte kein lautes Wort gewagt. Der Herr dieses Hauses hielt vielleicht Mittagsruh. Niemand wohnte so kühl wie er. Er hatte es gut.
Als Nanni die Kirche wieder verließ, nahm sie das Lächeln der Engel mit: Was ist Feuer? Was ist Regen? Was ist Angst? Sie trat in die glühende Hitze hinaus und wußte wieder, was das alles war.
»Hast gebetet?« fragte Josefa.
»Ich glaube schon.«
»Was denn? Ein Vaterunser?«
»Nein, das nicht.«
»Ein Ave Maria?«
»Nein«, sagte Nanni. »Ich hab nur gedacht: Bitte, hilf uns gegen das Feuer.«
»Dann hast Sankt Florian angerufen!«
»Sankt Florian? Nein! Ich hab es einfach gedacht.«
»Und das nennst du beten«, sagte Josefa. »Das hilft garantiert nicht. Das ist ja direkt ein Witz.«
Josefa und Nanni standen auf dem Friedhof, der rings um die Kirche angelegt war. »Gestern war übrigens das Begräbnis vom Gustav«, sagte Josefa.
»Ich weiß. Mein Vater war auch dabei.«
»Und warum bist *du* nicht mitgegangen? Du hättest mitgehn müssen, weil du daran schuld bist.«
Nanni schluckte und machte ein zerknirschtes Gesicht.
Josefa sagte: »Komm, ich zeig dir das Grab. Es ist unser Familiengrab.«
»Ich kenn es«, sagte Nanni. Sie wußte, daß es ein breites, großes Grab war. Es war ganz aus Stein, genau wie der

Kohlwirthof. Die Toten, die vom Bauernhaus auf dem Berg in diese Gruft hinuntermußten, hatten es leicht, sich einzugewöhnen, und blieben gewiß von Heimweh verschont. Eine Platte aus schwarzem Marmor bedeckte das Grab, und eine Vase war immer mit wächsernen Blumen gefüllt. Eine Inschrift aus Gold zeigte an, wer hier lag und wann jeder geboren und gestorben war. Auf ovalen Bildern unter Glas waren fremde Gesichter zu sehen. Einige schauten wichtig und hochmütig aus – so ähnlich wie Josefa und ihre Mutter. Aber Gustav war freundlich gewesen. Alle hatten ihn gern gehabt.

»Ich will, daß du *jetzt* unser Grab siehst«, sagte Josefa. »Jetzt schaut es ganz anders aus. Wirst schon sehen, wie.«

Sie gingen zum Grab, das gleich neben der Kirche war. Nanni wunderte sich wirklich, als sie es sah. Es war völlig verändert. Sie hätte es nicht mehr erkannt. Die Marmorplatte war abgehoben, und mitten in dem breiten, mit Steinen umfaßten Viereck war ein frischer Hügel aus Erde, mit Kränzen bedeckt. Am Kopfende stak ein einfaches Holzkreuz im Boden. Darauf stand in schwarzer Schrift der Name: »Gustav Ledan«. Links davon stand das Geburtsjahr und rechts das Sterbejahr. »So jung hat er sterben müssen«, sagte Josefa.

Nanni stand niedergedrückt vor dem frischen Grab. Es gab nichts, was sie sagen konnte. Sie stand und schaute. Sie sah die Kränze mit den schwarzen Schleifen. Sie waren aus Reisig und mit Blumen geschmückt. Es gab echte und wächserne Blumen. Die meisten waren aus Wachs. Eine Schleife, die Nanni besonders ins Auge stach, trug die goldene Inschrift: »Meinem lieben Mann, Gustav Ledan. Veronika und Kinder. Ruhe sanft.«

»Ja, der Gustav«, sagte Josefa laut. »So ein fürchterliches Ableben hat der gehabt. Und du bist gar nicht beim Begräbnis gewesen. Nicht einmal ein paar Blumen hast für ihn übrig gehabt.«

»Ich bring ihm morgen welche«, murmelte Nanni.
»Nein, jetzt gleich. Da drüben sind Blumen. – Reiß sie ab!«
Josefa zeigte auf ein Grab in der Nähe. Viele Stiefmütterchen blühten darauf, gelb und blau, mit samtigen Blütenblättern. Das Grab war wie mit Blumen überschüttet.
»Nein«, sagte Nanni entgeistert. »Nein, nein, nein!« Sie war verzweifelt. »Nein, das tu ich nicht.«
»Du wirst's aber tun. Oder soll ich alles sagen? Ich sag deiner Mutter, daß du in der Nacht nicht daheim warst, daß du dauernd lügst und daß du mir die Kette verkauft hast. Um zwanzig Schilling hast du sie verschachert, sag ich. Davon hast dir ein paarmal ein Eis gekauft.«
Nanni stürzte zum Grab. Sie schloß die Augen und raffte. Mit beiden Händen riß sie die Blumen büschelweis aus, damit dieses Morden und Wüten nur bald vorbei war. Die Blumen wehrten sich nicht, weil sie sich nicht wehren konnten. Sie waren so sanft und lieblich. Jetzt starben sie. Nanni hörte die Stengel knirschen und war entsetzt über das, was sie tat. Nie hätte sie so was für möglich gehalten. Sie kam zu Josefa und hatte die Hände voll Blumen und fühlte sich so, als wären sie voller Blut. Josefa wich zurück. Nanni hielt ihr die Blumen hin. »Da hast du sie. Du hast sie ja haben wollen.«
Josefa nahm sie nicht. Sie verbarg die Hände am Rücken. Da wußte Nanni nicht mehr, was tun, und sie warf das ganze Büschel aufs frische Grab.
Erst jetzt kam wieder Leben in Josefa. Sie schrie: »Nicht auf unser Grab! Nicht auf unser Grab! Schaff die gestohlenen Blumen von unserem Grab weg. Was denken sich die Leut, wenn sie das sehn?« Sie sammelte in aller Hast die verstreuten Blumen und trug sie zum Kehrichthaufen an der Friedhofmauer. Nanni schaute verstört auf das Grab, das sie geplündert hatte. Es sah aus wie nach einem Hagelwetter, voll zerfranster, geknickter Blumenstengel.
Eine einzige Blüte, die gelb und blau war, hatte die Plün-

derung überlebt. Sie leuchtete anklagend aus der fürchterlichen Verwüstung.

Josefa kam zurück. Ihr war nichts anzumerken. Ihr Gesicht war sogar noch lustiger als vorher. Sie sagte: »Es hat's keiner gesehn. Nur ich weiß, was du getan hast, Nanni.«

»Aber du hast's gewollt.«

»Ist ja gar nicht wahr. Glaubst, wir brauchen so schäbige Blumen auf unserem Grab? Ich hab nur ausprobieren wollen, ob du das auch tust.«

Nanni war fassungslos. »Du hast's aber wirklich verlangt.«

»Aber geh! Und kannst du's beweisen? Wenn du's probierst, streit ich's ab. Mir glauben sie eher als dir, darauf kannst du dich verlassen. Besonders, wenn ich erzähl, was du alles zusammenlügst. Und wer Blumen auf einem Friedhof stiehlt, der muß sterben.«

»Das ist nicht wahr!« schrie Nanni. »Das sagst du nur so.«

»Nein, das stimmt. Das ist noch jedesmal eingetroffen. Du mußt sterben. Bald ist es aus mit dir. Der Tote, dem du die Blumen gestohlen hast, kommt und holt dich.«

»Nein!«

»Aber ja, wenn ich dir's sag. Er kommt um Mitternacht und hat ein weißes Gewand an. Einen Totenkopf hat er und ein Knochengerüst. Und er klappert mit seinen Zähnen, wenn er durch die Tür kommt.«

Nanni war blaß und wäre fast umgefallen. Sie war halb besinnungslos vor Reue und Angst. Josefa aber lachte breit und vergnügt. Sie sagte: »Von jetzt an heißt es besonders brav sein, sonst sag ich deiner Mutter das von den Blumen auch.«

Am Abend ging Nanni mit Fieber zu Bett. Sie träumte, daß sie im Feuer saß und fror. Es schneite schöne, weiße kristallene Funken, und Nanni wußte: das ist der Kältetod.

Als sie am anderen Morgen erwachte, war sie matt und wackelig auf den Beinen. Ihr Gesicht im Badezimmerspiegel schaute

ganz fremd aus, fast wie das Gesicht einer alten Frau, mit großen, tief eingesunkenen Augen. Nannis Wangen waren zerknittert und fahl. Das Muster vom Spitzeneinsatz des Polsters war auf der linken Seite hineingedrückt. Zum ersten Mal erschrak Nanni vor ihrem eigenen Anblick.
Die Mutter hatte von Nannis Fieber nichts bemerkt. Nur Nanni hatte es gespürt und gehofft, daß es anhielt und daß sie für lange Zeit in das Krankenhaus mußte, wo die schwarze Josefa sie nicht aufspüren konnte. Aber jetzt, in der Früh, war kein Fieber mehr da. In der Nacht hatte es sich ausgetobt und war weg.
Es war wieder ein Tag ohne Wolken gekommen, ein schrecklich blauer Tag. Das Beten hatte nichts genützt. Der Himmel war leer und voll grellweißem Sonnenschein.
Beim Frühstück sagte die Mutter zu Nanni: »Dein Kettchen hab ich nicht finden können. Das versteh ich nicht. Ich weiß ganz bestimmt, daß du es am Abend vorher noch umgehabt hast.« Dann ging sie hinaus. Sie hatte Zeit. Was im Haus verlorengegangen war, das mußte sich wiederfinden. Sie führte einen ordentlichen Haushalt, in dem es keine heimlichen Schlupfwinkel gab.
Nanni ging fort. Sie wollte zum Holzplatz gehen und sich in ihrem kleinen Haus verkriechen. Dort wollte sie bleiben, bis es Mittag war. Sie kletterte auf den Bretterstapel und verschwand in der Luke, in der ihre Vorräte waren. Die Birnen in der Schachtel waren noch gut, aber die Zwetschken faulten und schimmelten schon. Nanni warf sie weg und beschloß, später neue zu sammeln. Sie warf auch alle Blumen hinaus, die sie gepflückt hatte, um ihr Häuschen zu schmükken. Über Nacht waren sie verwelkt und rochen wie Heu. Frische Blumen wollte Nanni nicht mehr pflücken. Sie dachte an gestern, und es schauderte sie. Sie nahm sich vor: Nie mehr reiß ich Blumen ab. Das geplünderte Grab stand deutlich vor ihren Augen.
Sie streckte sich auf den Brettern aus und legte den Kopf

auf den harten, kantigen Balken. Es war hier unbequem und ungemütlich. Aber das Liegen und Nichtstun tat Nanni trotzdem gut. Sie machte die Augen zu und döste ein bißchen.

Als sie wieder aufwachte, war sie noch matter. Es war jetzt so heiß und stickig zwischen den Brettern, daß Nanni es nicht mehr da oben aushielt. Sie kletterte hinunter und ging in das Dorf. Sie schaute zum Spielberg hinüber und zuckte zusammen. Die Rauchwolke, die über dem Berg lag, war rot durchglüht. Das Feuer mußte schon ganz nahe sein. Vielleicht war es auch deshalb noch heißer als in den vergangenen Tagen. Die Hitze tat auf der Haut fast weh, und die Atemluft in den Lungen war rauchig und trocken.

Nanni ging noch ein Stück weiter, da sah sie, was los war. Sie konnte die Einbuchtung im Spielberg sehen, in die der Kohlwirthof hineingebaut war. Über dem Hof stand der ganze Wald in Flammen. Er brannte hellauf und stieß Rauch und Funken von sich. Daheim hatte Nanni das nicht sehen können. Da hatte ihr die Bergflanke die Sicht verstellt. Aber gespürt hatte sie es sicherlich schon. Jetzt wußte sie, daß sie es gespürt hatte; weil sie es sah.

Auf den rötlich beleuchteten Wiesenhängen war ein Gewimmel von Menschen zu sehen. Was sie taten, war von hier aus nicht zu erkennen. Wahrscheinlich standen sie einfach da und schauten, wie das fürchterliche Feuer näher kam. Sehr klein und machtlos sahen sie aus.

Nanni wollte heim zu der Mutter rennen, die vielleicht noch gar nicht wußte, daß das Dorf in Gefahr war. Vielleicht mußten sie das Haus ausräumen und fliehen. Aber nein, ich muß löschen helfen, dachte Nanni. Sie ging schnell in das Dorf. Das war leer und still. Und doch spürte Nanni, daß eine große Aufregung in der Luft lag. Auf dem Dorfplatz stand der große silberne Kastenwagen vom Fernsehen. Der war schon ein paarmal in Grafenweiler gewesen. Immer waren ein paar Leute dabeigestanden und hatten ihn neu-

gierig angeschaut. Heute war niemand da. Alle waren oben beim Feuer.
Nanni schlug den Weg zum Kohlwirthof ein. Beim Bergaufsteigen spürte sie erst so richtig, wie müde sie war. Immer wieder mußte sie stehenbleiben und verschnaufen. Sie sah, daß der Kohlwirthof noch nicht brannte, aber er war schon ganz rot vom Feuerschein. Über die Hügel mit den Wiesen und Feldern zog Brandrauch. Schatten flogen darüber hin. Sie waren dünner als Wolkenschatten und kühlten nicht. Zwei Männer kamen Nanni entgegen. Sie gingen eilig und stumm vorbei, und ihre Gesichter waren besorgt und finster. Nanni schaute ihnen nach, wollte rufen und etwas fragen und brachte kein Wort heraus. Sie stieg weiter bergauf, schleppte matt und verzagt ihr Gewicht und kam mit jedem Schritt dem Feuer näher. Sie zitterte, so fürchtete sie sich davor, aber sie mußte trotzdem löschen helfen.
Vorübergehend verlor sie den Kohlwirthof aus den Augen. Dann erreichte sie eine Kuppe, von der aus sie ihn wieder sah. Schon konnte sie erregte Stimmen hören. Auch die Menschen auf dem Wiesabhang sah sie jetzt deutlich. Teils standen sie still, teils eilten sie hin und her, und die schwarze Josefa war mitten unter ihnen. Als Nanni sie erblickte, wußte sie nicht, was tun. Wo Josefa war, konnte sie freiwillig nicht mehr hingehen. Eine lange, bleiche Sekunde lang starrte sie zu Josefa hinüber. Und Josefa hatte sie auch schon gesehen. Sie begann zu laufen und schrie: »Nanni! Nanni!« Etwas Schwarzes kam auf Nanni zu und schrie. Da rannte Nanni entsetzt den Berg hinunter, fast so wie damals, als sie vor dem Feuer geflohen war. Sie getraute sich nicht umzuschauen, doch hatte sie das Gefühl, daß eine ganze Meute hinter ihr her war. Alle Leute, die oben auf dem Berg waren, kamen und wollten sie fangen. Josefa hatte ihnen schon alles gesagt. Sie wollten sie fangen, weil sie eine Hexe war. Sie wollten sie in das furchtbare Feuer werfen. Aber Nanni wollte nicht hinein, auch wenn sie nicht mehr gern lebte.

Sie lief, bis sie nicht mehr laufen konnte. Da blieb sie keuchend stehen und duckte sich. Und jetzt sah sie erst, daß sie gar nicht verfolgt worden war. Sogar Josefa hatte es aufgegeben.
Nanni setzte sich nieder und sammelte neue Kraft. Ihr war zumute, als schwebte sie in der Luft und löste sich in ihr wie ein Wölkchen auf. Nur ihr Rippenstechen war der Beweis, daß sie noch lebte.
Am Rain wuchsen hohe, trockene Gräser. Nanni zog einen Halm aus dem Schaft und nahm ihn zwischen ihre Fingerspitzen. Hahn oder Henne, dachte sie. Wenn das Büschel, das sie vom Halm streifte, gleichmäßig rund wie ein Dachsbart war, dann war es eine Henne. Wenn das Halmende abriß und herausragte, war es ein Hahn. Daraus konnte man ein Orakel machen. Nanni dachte: Henne bedeutet, daß alles noch gut wird. Hahn ist ein schlechtes Zeichen. Dann fangen sie mich.
Aus dem Grashalm wurde keine Henne, sondern ein Hahn. Nanni hatte zu stark angerupft. Sie wiederholte enttäuscht das Orakel und paßte diesmal besonders gut auf. Vorsichtig streifte sie das Samenbüschel ab, und diesmal gelang ihr eine schöne Henne. Ganz gleichmäßig war sie. Kein Schwänzchen ragte heraus. Aber was galt jetzt? Ging es gut aus oder nicht? Nanni hatte über die Zukunft nichts erfahren.
Sie war ausgeruht und ging auf den Dorfplatz zurück, weil sie durstig war und trinken wollte. Sie trank aus ihrer heißen, verschwitzten Hand, und das Wasser schmeckte bitter in ihrem Mund. Sie schaute auf die Turmuhr. Es war schon Mittag. Eigentlich sollte Nanni zum Essen heimgehn. Aber sie wollte nicht, sie fürchtete sich vor der Mutter. Vielleicht wußte die schon, was Nanni verbrochen hatte.
Sie trieb sich ziellos im Dorf herum, versteckte sich einige Zeit in einer Scheune, bekam dort noch mehr Angst, kam wieder heraus und irrte lange zwischen den Häusern umher.

Rauchwolken schoben sich vor die Sonne und trübten sie. Ach, wären das doch Regenwolken, dachte Nanni. Sie drückte sich verängstigt an ein Haus und spürte den körnigen Verputz auf ihrer Haut. Im Mauerwerk hörte sie ein Knistern und Rieseln. Das Haus wußte auch schon, daß ihm Schlimmes drohte. Nanni spürte, daß Menschen und Dinge verschwistert waren und daß sie einander beistehen konnten. Aber wie? Das wußte sie nicht, sonst hätte sie es getan.

Auf der Straße ging ein Mann. Er erblickte Nanni. Sie schmachtete in der Hitze, die die gekalkte Mauer abgab. Er kam auf sie zu, und sie konnte nicht fliehen. »Da bist du ja, Nanni«, sagte er. »Geh schnell nach Haus, deine Mutter sucht dich schon. Sie ist schon überall im Dorf gewesen.«

Er schaute sie lange und eindringlich an, und sie glaubte, daß er sie ertappte und durchschaute. Zwischen der Hausmauer und dem Mann war sie wie in einer Falle gefangen. Sie bewegte sich langsam zur Seite und huschte davon. »Was hast du denn?« fragte der Mann. »Ich tu dir ja nichts.« Sie hörte ihn schon nicht mehr, so hastig entfloh sie.

Sie lief heim und getraute sich nicht in das Haus. Hinter einem Fliederbusch versteckt, blieb sie lange stehen. Aber schließlich mußte sie doch hinein, denn mit dem Abwarten machte sie alles noch schlimmer. Sie sah, daß die Haustür nur angelehnt war, und drückte sie so leise wie möglich auf. Aber die Mutter war schon da und erwischte sie. Nanni hatte zwei Ohrfeigen, bevor sie zum Denken kam. »Bist du wahnsinnig?« keuchte die Mutter. »Wo treibst du dich denn herum? An so einem Tag hat ein Kind daheim zu sein. Ich komm da vor Sorge fast um, und du gehst spazieren. Am Ende warst du gar oben, den Waldbrand anschaun?«

Nanni war völlig verstört. Sie lehnte sich an den Türstock.

»Geh essen! Schau nicht so dumm!« fuhr die Mutter sie an.

Nanni setzte sich an den Tisch. Hier stand noch ihr Mittagessen und wurde zur Strafe nicht mehr aufgewärmt. Sie mußte es kalt hinunterwürgen, stockig und klebrig, wie es war. Die Mutter ging mit steinerner Miene durchs Haus und ließ Nanni in eisigem Schweigen ertrinken. Sicher wußte sie schon allerhand oder ahnte es. Wie hätte sie sonst so böse sein können?

Nanni saß bei Tisch und wartete ab. Sie lauerte auf ein Wort, das der Qual ein Ende machte. Sie selbst hätte gern was gesagt, doch ihr fiel nichts ein. Die Mutter kam und ging und schloß geräuschvoll die Türen. Das dauerte vielleicht eine halbe Stunde, dann schloß sie die Türen schon nicht mehr so laut, und schließlich kam sie zu Nanni und blieb bei ihr stehen.

»Du bist ja ganz käsig im Gesicht«, sagte sie. »Ist was los?«

Nanni schüttelte heftig den Kopf und blieb stumm.

»Irgendwas stimmt nicht. Das merk ich schon seit ein paar Tagen. Hat Josefa damit was zu tun?«

»Josefa? Nein!«

»Wie ich heut im Dorf war und dich gesucht hab, hat mir jemand gesagt, daß du zwei volle Wassereimer für sie geschleppt hast, und sie ist neben dir herstolziert. Ist das wahr?«

»Zwei volle Wassereimer?« fragte Nanni. Sie war starr und eiskalt, aber innerlich zitterte sie.

»Ich will keine Fragen«, sagte die Mutter, »ich will eine Antwort.« Sie nahm Nannis Hände und drehte sie so, daß sie die Handflächen sehen konnte. Unter dem rechten Ringfinger war eine Blase. Die Mutter tippte sie an. »Woher hast du die?«

»Ich weiß nicht«, sagte Nanni. »Von irgendwo . . .«

Die Mutter ließ Nannis Hände verärgert los. Es war, als ob sie sie wegwerfen wollte. »Ich werde der Sache nachgehn«, erklärte sie. »Sag Josefa, daß sie zu mir kommen soll und daß ich sofort mit ihr reden möchte. Wenn du mir nicht sagst, was los ist, wird sie es tun.«

Da kam ein flehentlicher Klagelaut aus Nanni. Sie sprang auf und wimmerte: »Nein! Nein! Nein!« Sie schüttelte die Hände der Mutter ab, die sie bei den Schultern packen und festhalten wollten, und rannte davon. Sie stieß die Haustür auf und war schon an der Gartentür. Sie hörte die Mutter rufen: »Wo rennst du denn hin?« und wußte selbst nicht, wohin sie wollte. Sie rannte über die Straße, lief querfeldein, sah die Rannach von weitem und kehrte um, stolperte in einen Graben und fiel hin und blieb liegen, wo sie war. Ihr Atem ging keuchend. Es war zu mühsam, aufzustehen, und es war auch ganz sinnlos, denn überall war es gefährlich. Nanni konnte nirgends mehr bleiben, darum war es egal, wo sie war. Sie konnte auch hier in dem trockenen Graben sein, der von klaffenden Rissen durchzogen war. Sie lag einfach da und ruhte vom Nachdenken aus. Vor ihren Augen war welkes Gras, und staubige rote Disteln blühten. Ein schwarzer brummender Käfer flog vorbei. Sie sah, daß er zweierlei Flügel hatte: sehr dünne, durchsichtige, die leicht verletzt werden konnten, und harte, glänzende, wie aus Metall.
Eine kleine Spinne hatte ihr Netz zwischen die Disteln und die Gräser gebaut. Es war so neu und heil wie ein frisch gesponnener Wunschtraum oder wie eine Hoffnung früh am Tag. Aber in Nanni war alles zerstört und hoffnungslos.
Ihr fiel ein, sie müsse zum Friedhof gehen, es sei von großer Bedeutung, dies zu tun. So stand sie auf und machte sich auf den Weg. Es war heute schon so viel Schlimmes geschehen, darum glaubte sie an das von gestern nicht mehr. Auch hatte sie in der Nacht viel Irres geträumt. Vielleicht war das auch nur ein Traum gewesen, daß sie auf dem Friedhof gewesen war und dort Blumen von einem Grab abgerissen hatte. In Wirklichkeit würde sie ja nie so was tun. Sie mußte nachschauen, ob sie es getan hatte oder nicht.
Auf dem Weg sah sie wieder den brennenden Berg, dieses schreckliche Feuer, das niemand mehr löschen konnte. Dar-

unter lag das Dorf im rötlichen Schein. Bis jetzt war es noch unversehrt. Auch der Kohlwirthof brannte noch nicht.
Nanni ging schneller. Jetzt war sie schon fest überzeugt, daß sie das Grab überhaupt nicht geplündert hatte. Sie würde es blühen sehen, und wenigstens das würde gut sein. Sie vermied es, den Weg durch das Dorf zu nehmen, und kam auf einem weiten Umweg ans Ziel. Auch den Friedhof betrat sie nicht durch das große Tor. Sie kam durch den Hintereingang neben dem Kehrichthaufen, wo es flau und süßlich nach verrotteten Blumen roch. Lagen Stiefmütterchen auch dort? Sie schaute nicht genau hin.
Nanni durchstreifte die Gräberreihen und machte wieder einen möglichst großen Umweg. Sie mußte sich unbedingt Gewißheit verschaffen und zögerte es trotzdem so lange wie möglich hinaus, bis sie auf einmal das Grab, das sie suchte und dem sie jetzt nicht mehr ausweichen konnte, vor sich sah.
Es sah genauso aus wie am Tag vorher. Nichts war wieder gut geworden, höchstens noch schlimmer. Die geköpften Blumenstengel waren welk und hatten sich zum Sterben umgelegt. Das Grab stand nun da wie von Unkraut überwuchert, als hätte sich lange niemand mehr darum gekümmert.
Nanni las einen Namen auf dem Grabstein, den Namen eines Menschen, den sie nicht kannte und der ihr nie etwas zuleide getan hatte. Sie sah das letzte Stiefmütterchen blühen. Lange schaute sie es an, und es schaute zurück. Auf einmal hatte Nanni das Gefühl, daß sie hier trotz allem bleiben konnte. Der Tote in diesem Grab war nicht böse auf sie. Er war nur traurig, und das war sie auch. Der Kirchturm warf einen großen, milden Schatten genau auf Nanni. Vor kurzem war jemand hier gewesen und hatte dem Nachbargrab Wasser gegeben. Es war noch dunkel vor Nässe und sah erfrischt aus. Beim Blumengießen war durch Zufall oder aus Mitleid auch auf das Stiefmütterchen ein wenig Wasser gekommen.

Nur ein paar Tropfen waren herübergespritzt. Einer lag noch darauf und glänzte, obwohl ihn keine Sonne beschien. Nanni näherte sich der Blume und bückte sich zu ihr. Sie betastete ihre weichen Blütenblätter. Das war, als sagte sie mit den Händen etwas zu ihr, und die Blume gab ihren Händen eine tröstliche Antwort.
Nanni wußte nicht gleich, daß das Tränen waren, was da über ihre Wangen rann. Es tat einfach gut, es kühlte so schön, und auch das Traurigsein tat nicht mehr so weh.
Eine Stimme fragte: »Hast du dieses Grab geplündert?«
»Ja«, sagte Nanni. »Ich tu's aber bestimmt nicht mehr.«
Daß Blumen reden konnten, hatte sie nicht gewußt, und auch nicht, wie leicht es war, ihnen Antwort zu geben.
»Was ist dir denn da nur eingefallen?« setzte die Stimme hinzu, und jetzt erst durchzuckte es Nanni. Jetzt wußte sie erst, daß ein Mensch mit ihr sprach. Ein Mann stand neben dem Grab und schaute sie an. Sie stieß einen Schrei aus. Dann wollte sie blindlings flüchten und konnte es nicht, denn jemand, der sehr stark war, hielt sie fest.
»Das ist ja Nanni! Warum weinst du denn, Kind? Was ist denn los mit dir? Gib Antwort, Nanni!«
Um Nanni drehten sich Nebel und Feuerräder. Aber mitten in diesem Chaos war ein Gesicht, das ruhig und freundlich auf sie niederschaute. Nanni erkannte den jungen Kaplan, der in der Schule Religionsunterricht gab. Sie zitterte noch und versuchte, sich loszuwinden. Er ließ sie aber nicht los. Er tat ihr auch nicht weh. Er hielt sie ganz einfach fest und schaute sie an. Das war, als fingen sie seine Augen ein, vorsichtig, wie man einen Schmetterling fängt, damit man ihm nicht die Flügel zerknittert, weil er sich so wehrt. »Nanni, was ist denn mit dir? Ich will dir ja gar nichts tun.«
Sie kämpfte immer noch, um sich loszuwinden, doch tat sie es jetzt schon mit halber Kraft. Es nützte nichts mehr, es war aus. Sie saß in der Falle und war doch froh, daß sie nicht mehr davonlaufen konnte.

»Gibt es nichts, das du mir erzählen willst?«

Sie schüttelte heftig den Kopf, doch ihre Augen waren schon voller Dankbarkeit und Vertrauen.

»Komm mit mir.« Ihr Arm war auf einmal frei. Sie hätte jetzt fortlaufen können, aber sie wollte nicht mehr. Sie folgte gehorsam dem jungen Kaplan, ging neben ihm her und schob ihre Hand in die seine. Er führte sie aus dem Friedhof hinaus, den Hügel hinunter und in den Pfarrhof. Dort traten sie in ein großes, schattiges Zimmer. Es gab viel dunkles Leder darin, dunkles Holz und schwere Vorhänge. Und Bücher gab es überall, auf Regalen und in Schränken hinter Glas. Es konnte einem nichts Böses geschehen, wo so viele Bücher waren.

Ein Ledersessel wurde für Nanni zurechtgerückt, und darin saß sie nun, ganz zusammengefaltet, die Ellbogen an den Hüften und die Hände im Schoß. Für ein paar Minuten ging der junge Kaplan aus dem Zimmer. Als er wiederkam, war eine Frau bei ihm. Sie hatte ein breites Gesicht und große Hände. Auf einer Untertasse brachte sie ein Glas Obstsaft, nickte Nanni zu und verschwand wieder durch die Tür. Der junge Kaplan stand beim Fenster und sagte: »Jetzt trink einmal. Du hast sicher Durst.«

Sie trank. Es tat wohl und machte ihr Mut. In ihrem Mund war etwas Frisches und Süßes, das nach Birnen und duftenden Äpfeln schmeckte. Die grausame Sonne durfte nicht in das Zimmer herein. Hier war es bestimmt immer kühl wie tief im Meer.

»Und jetzt sag mir, was du auf dem Herzen hast«, kam die Stimme des jungen Kaplans vom Fenster her. Sogar seine Stimme war schattig, kühl und tief. Man konnte in sie hineintauchen, und das tat gut.

»Warum hast du das Grab geplündert?« fragte der junge Kaplan.

»Josefa hat gesagt, ich soll es tun.«

»Und warum tust du, was Josefa sagt?«

»Weil sie sonst alles erzählt.«

»Was ist das: alles?«

Nanni war jetzt nicht mehr so mutig. Es wurde sehr schwer für sie, die Wahrheit zu sagen. Sie schämte sich furchtbar und hätte am liebsten geweint. Gut, daß er sie nicht anschaute, als sie ihm alles erzählte.

»Sie sagt den Leuten, daß ich eine Hexe bin, weil ich den Regen fortgezaubert habe, und daß ich am Waldbrand schuld bin, weil es so heiß ist. – Und Gustav ...« Nanni konnte nicht mehr.

»Was ist mit Gustav?«

»Er ist beim Feuerlöschen verbrannt.«

»Ich weiß. Ich versteh aber nicht, was das mit dir zu tun hat. Weißt du was? Erzähl mir alles vom Anfang an.«

Da sprudelte Nanni die ganze Geschichte heraus, vom Zaubern, vom Lügen, vom Blumenstehlen auf dem Friedhof. Sogar vom verwunschenen Müller sprach sie, obwohl das auf einmal sehr lächerlich war. Die Augen des jungen Kaplans lagen ruhig auf ihr. Sie waren klar und grau und sahen allwissend aus. Jetzt kam er zu ihr und strich ihr über das Haar. Da wußte sie, daß alles nicht so schlimm war.

»Ihr Kinder!« sagte der junge Kaplan. »Wir können gar nicht mehr verstehen, was in euch vorgeht. Kein Mensch kann den Regen fortzaubern. Es gibt keine Hexerei.«

Er führte Nanni zum Fenster und zog die Vorhänge weg, und sie sah, was sie lange nicht gesehen hatte: eine dicke, bleigraue Wolkenfront. Im Hof stand ein Baum. Sie hörte ihn rauschen. Silberne Lichter wanderten über sein Laub. Ein starker, beharrlicher Wind war aufgekommen. Vielleicht blies er schon lang, und sie hatte es nicht bemerkt.

»Die Engel!« flüsterte Nanni, die nimmermehr wußte, wo das Denken zu Ende war und das Reden begann. »Die Engel bringen den Regen.«

Sie hob das Gesicht und bemerkte ein Lächeln in den allwissenden Augen des jungen Kaplans. »Oder gibt es auch keine Engel?« fragte sie. Sie hatte auf einmal Angst, es könnte keine geben.

»Freilich gibt es Engel«, sagte der junge Kaplan. »Sie sind da, um Gott zu lobpreisen. Mit dem Wetter hat keiner zu tun. – Weißt du, wie der Regen zustande kommt? Wenn die Luft sehr heiß ist, ist sie wie ein Schwamm. Sie saugt Wasser auf, ohne daß Wolken entstehen können. Und wenn sie auskühlt, fällt das Wasser aus ihr heraus. Du hast sicher im Fernsehen schon Wettervorhersagen gehört. Du wirst wissen, daß es kalte und heiße Luftmeere gibt. Heiße und kalte Ströme fließen dort oben. Man sieht sie nicht, man spürt sie nur, wenn sie da sind. Und wenn Heiß und Kalt sich vermischt, entstehen Wolken. Der Schwamm wird ausgedrückt. Das ist das ganze Geheimnis. Seit vielen Tagen war schon so ein kalter Strom unterwegs. Die Männer auf den Wetterstationen nennen ihn ›Kaltfront‹. Auf den Satellitenbildern kann man ihn sogar sehen. Er ist ein riesengroßes Wolkenband. Das bringt man mit Zaubersprüchen nicht vom Weg ab.«

»Aber ich hab's trotzdem getan«, sagte Nanni.

»Das war eben Zufall. Der Regen hätte sowieso aufgehört. Josefa weiß das genau, sie ist schlau genug. Aber weil sie böse ist, hat sie dich damit erpreßt.«

Auf dem Pflaster im Hof lag ein gelber Schein. Er verging in den Wolkenschatten und kehrte wieder. Bald würde die Sonne ganz von den Wolken bedeckt sein.

Nanni fragte: »Wird der Regen das Feuer löschen?«

»Der Regen auch. Vor allem aber der Wind. Der bläst das Feuer vom Dorf weg und auf den Spielberg hinauf, dorthin, wo es früher gebrannt hat. Aber da ist nur noch Asche, und Asche brennt nicht. Das Feuer stirbt, weil es keine Nahrung mehr findet, und wenn der Regen lange genug dauert, löscht er es ganz aus.«

Der Wind fuhr plötzlich mit einem Geheul in den Pfarrhof und trieb Blätterwirbel und Staubschwaden vor sich her.

In Nanni war es ganz still. Der Regen kam endlich.
»Du kannst ruhig nach Hause gehn«, sagte der junge Kaplan. »Kein Mensch wird dich strafen. Du hast nichts Böses getan.«
»Ich hab aber Blumen vom Grab abgerissen.«
»Daran ist Josefa viel mehr schuld als du. Sie hat dich dazu angestiftet, und das weiß sie.«
»Und mein Kettchen?«
»Welches Kettchen denn?«
»Das ich ihr hab geben müssen, damit sie nichts sagt.«
»Davon weiß ich ja gar nichts. Das mußt du mir auch noch erzählen.«
Und Nanni erzählte. Sie war jetzt schon ganz ohne Scheu. Immer wieder fielen ihr neue Straftaten ein, und als sie darüber redete, verstand sie auf einmal, daß das überhaupt keine richtigen Sünden waren. Sie war nicht böse und schlecht. Jetzt wußte sie das. Von allein hätte sie auch nicht ernsthaft geglaubt, daß sie schuld an dem Waldbrand und an Gustavs Tod war. Doch Josefa hatte gewollt, daß sie es glaubte, und Nanni war ihr, wie immer, gehorsam gewesen.
»Geh zu deiner Mutter«, sagte der junge Kaplan. »Erzähl ihr alles, so, wie du es mir erzählt hast.«
»Und wird sie nicht zornig sein, weil ich gelogen habe?«
»Du hast nicht gelogen. Du hast nur eine Geschichte erzählt. Viele Kinder tun das. Deine Mutter wird es verstehn.«
»Verlangt sie dann auch von Josefa mein Kettchen zurück?«
»Nein, Nanni, das holst du dir selbst. Soviel Mut mußt du haben. Geh gleich zu Josefa. Geh! Oder hast du noch Angst vor ihr?«
Nannis langes Schweigen bedeutete: ja!
»Geh trotzdem!« sagte der junge Kaplan. Er führte Nanni aus dem Zimmer. »Also geh!«
Sie schaute verschreckt und grüßte, dann war sie allein. Sie

stand auf dem Gang und sah verschlossene Türen. Auch die, aus der sie gekommen war, war jetzt zu. Nur die Haustür war offen. Auf die ging sie langsam zu, schaute noch einmal um und verließ das Haus.
Nanni machte sich auf den Weg zum Kohlwirthof. Sie war wieder verzagt und fürchtete sich vor Josefa, aber was der junge Kaplan zu ihr gesagt hatte, half ihr ein bißchen. Sie dachte fest daran, als sie auf den Berg stieg. Es mußte sie stärken, bis sie oben war.
Sie hatte den Wind im Rücken. Er trieb Spreu und Staub vor sich her und ließ sie kreisen. Ein Zeitungsblatt segelte auseinandergebreitet wie ein großer Schmetterling himmelwärts, bis es oben ein Wirbel packte und tanzen ließ.
Leute kamen den Berg herunter. Sie redeten laut miteinander und sahen erleichtert aus. Nanni grüßte und wurde wiedergegrüßt. Sie stieg unentwegt bergauf, um Josefa zu finden.
Der Weg lag schon im Wolkenschatten, während der Kohlwirthof noch in der Sonne war. Aber es war schon eine verschleierte, müde Sonne. Der Wind fuhr mit frischen Stößen ins Gras und kämmte es dem Berg aus dem Gesicht. Und jedesmal wechselte die Wiese ihre Farbe von Grün zu Grau. Die Wolken deckten schon den halben Himmel zu, und jetzt tauchte auch der Kohlwirthof in den Schatten.
Nanni näherte sich dem Haus, das breit und steinern vor ihr lag. Sie fand Josefa erst nach einigem Suchen bei einer Gruppe von Leuten, die auf der Wiese beieinanderstanden und zum Waldrand schauten, von dem das Feuer schon zurückwich. Über den Bäumen war gelber Qualm und ein düsterer roter Schein zu sehen, aber der Saum des Waldes lag schon schwarz und erkaltet da. Er war eine breite, öde, mit Asche beschneite Halde, aus der die angekohlten Bäume ragten.
Josefa horchte auf ein Gespräch, das die Erwachsenen führten. Sie hatte ein aufgeregtes, vergnügtes Gesicht. Da wußte Nanni mit einem Schlag: das alles hatte Josefa Freude

gemacht, der Waldbrand, die Hitze, die Gefahr und vielleicht sogar ihres Bruders Tod, weil die Leute darüber sprachen und sie dabeistehn und horchen konnte.
Als Nanni sie anrief, wandte sie flink den Kopf und kam wie ein Windstoß über die Wiese daher. Noch im Laufen schrie sie: »Dein Glück, daß der Regen kommt.«
Nanni sammelte alle Kraft und allen Mut, damit sie sagen konnte, was sie jetzt wußte. »Ich hab den Regen nicht fortgezaubert. Zurückgebracht hab ich ihn auch nicht. Es gibt keine Hexerei. Und ich laß mich von dir nicht mehr herumkommandieren, daß du's nur weißt.«
Josefa schaute verblüfft. »Sag das noch einmal, wennst dich traust!« Sie ging langsam auf Nanni zu, die vor ihr zurückwich. Ihr Gesicht war drohend, obwohl sie lachte. »Sag's! Ich will's noch einmal hören. Und dann sag ich auch was.«
Sie rührte Nanni nicht an, sie tat ihr nichts, und trotzdem spürte Nanni, wie stark Josefa war. Sie selbst war noch nie so schwach gewesen, so bedroht und allein, und trotzdem sagte sie: »Ich hab keine Angst vor dir.«
»So? Dann wirst gleich eine kriegen. Jetzt geh ich und sag, was ich weiß. Ich sag den Leuten, daß du an dem Waldbrand schuld bist.« Josefas Gesicht war jetzt nicht mehr vergnügt. Es war rot und häßlich. Sie drehte sich um und ging zu den Leuten hinüber, zuerst schnell, dann immer langsamer, und dann blieb sie stehen. Sie schaute zu Nanni zurück. »Ich geh wirklich!« rief sie.
»Ja, geh nur!«
»Hast Angst vor mir?«
»Nein.«
»Na ja, dann geh ich. – Höchstens du bittest mich um Verzeihung und tust wieder, was ich will. Überleg dir's noch einmal.«
»Nein«, sagte Nanni. Beinahe weinte sie schon.
Josefa stand immer noch da und machte drohende Augen. – Warum geht sie nicht, dachte Nanni. Sie soll gehen. – Aber

Josefa drehte sich plötzlich um und kam langsam zu ihr zurück. Ganz verlegen war sie.
In Nanni schoß eine helle Freude empor. Sie getraut sich nicht, dachte sie. Sie redet nur groß. Sie weiß, daß ihr niemand glaubt, wenn sie sagt, daß ich zaubern kann. – Jetzt hatte sie wirklich keine Angst mehr vor Josefa. Sie hielt ihr die Hand entgegen. »Gib mir meine Kette zurück!«
Josefa sah auf einmal sehr töricht aus. Sie starrte Nanni an und sagte nichts. Wahrscheinlich überlegte sie hin und her. Erst nach einer langen Weile griff sie in ihr Kleid und zog unter dem Taschentuch Nannis Kette hervor. Sie hielt sie in der offenen Hand. Der Dukaten blinkte. Nanni hätte sie einfach nehmen und fortgehen können, aber sie konnte noch nicht glauben, daß es so leicht war.
Josefa bemerkte ihr Zögern und schloß die Faust. Sofort bekam sie wieder Oberwasser. Sie sagte: »Gar nichts geb ich dir zurück. Ich erzähl deiner Mutter das vom Blumenstehlen. Und daß du gelogen hast. Und daß du in der Nacht fort warst.«
»Das erzähl ich ihr schon selber«, sagte Nanni. »Und ich sag ihr, daß du verlangt hast, ich soll es tun.« Sie redete jetzt schon mit ganz fester Stimme. »Also gib mir die Kette zurück. Mach keine Geschichten. Du weißt genau, wie gemein du zu mir warst.« Sie bewegte die offene Hand. »Gib mir meine Kette.«
»Da hast den Dreck!« schrie Josefa zornig auf. Sie ließ die Kette vor Nannis Füße fallen. Dann überlegte sie es sich aber und hob sie wieder auf und gab sie der verdutzten Nanni ordentlich in die Hand. Ihr Gesicht und sogar ihre Augen waren jetzt naß. Sie sagte kleinlaut: »Erzähl es niemandem weiter, besonders das von den Blumen am Friedhof nicht und das vom Wassertragen. Das bleibt unter uns.«
Da errötete Nanni. Das war ihr zuviel. Das hatte sie gar nicht erreichen wollen. Sie wollte ihr Kettchen haben und weiter nichts. Na also, sie hatte es ja, es gehörte ihr wieder. Sie

konnte jetzt eigentlich nach Hause gehen. Doch sie mußte in einem fort Josefa anschauen. Vor *der* hatte sie sich gefürchtet? Warum denn nur? Jetzt war sie nicht einmal mehr zornig auf sie.
Als sie gehen wollte, hielt Josefa sie fest. »Nicht fortgehn! Ich sag dir was, Nanni. Ich schenk dir was.«
Und dann schaute ihr Nanni fassungslos zu, wie sie einen Ring vom Finger streifte. »Ich geb dir den Ring, wenn du keinem was sagst. Echt Gold. Und der Stein ist ein Granat.«
Sie versuchte ihn Nanni in die Hand zu schieben, doch die machte die Faust fest zu und trat einen Schritt zurück. »Behalt deinen Ring. Ich brauch ihn nicht. Ich hab meine Kette, und ich erzähl zu Haus, was ich will.«
Dann rannte Nanni davon, doch jetzt war das keine Flucht mehr. Sie rannte und hüpfte vor Freude, weil alles gut war. Der Wind blies ihr entgegen und war wunderbar kühl, und er würde einen großen Regen bringen, mehr, als die Wiesen und Felder trinken konnten.
Sie lief an Leuten vorbei, die nach Hause gingen, und irgendwann holte sie Erich ein. Sie erkannte ihn erst, als sie schon fast an ihm vorbei war. Er war auch auf dem Berg gewesen. Na freilich, für ihn war das spannend. »Nanni!« rief er und rannte mit ihr mit. Beim Laufen erwischte er ihre Hand und schwang sie, und sie hätte am liebsten vor Freude laut aufgelacht. Sie liefen in abgemähte Wiesen hinein und sprangen über Gräben und Maulwurfshügel. »Ich komm bald wieder auf den Anger spielen!« rief Nanni.
Sie rannten miteinander bis auf den Dorfplatz. Dort lief jedes von ihnen in eine andere Richtung davon. Sie winkten noch einmal und lachten, und dann war Nanni allein. Sie ging langsam weiter, damit sie zu Atem kam. Jetzt merkte sie, daß sie ihr Kettchen noch in der Hand trug. Sie blieb stehen und legte es sich um. Wenn sie heimkam, sollte die Mutter sehen, daß sie es hatte.
Es war schon dämmrig, als Nanni das Haus betrat. Im Vor-

zimmer traf sie mit ihrer Mutter zusammen. Beide sagten nichts. Sie schauten einander nur an. Es schien Nanni, als sei eine lange Zeit zwischen dem Fortgehen und der Heimkehr verstrichen. Hätte die Mutter sie nicht mehr erkannt, so hätte sie sich nicht darüber gewundert. Beinahe hätte sie gesagt: »Ich bin es – Nanni.«

Die Mutter schaute lange in ihr Gesicht, viel länger als jemals vorher. Ihre Augen waren besorgt. »Gottlob, daß du endlich heimkommst«, sagte sie. »Ich hab um dich Angst gehabt. Du warst so – ich weiß nicht, wie. Du bist von mir fort, als wär ich dein ärgster Feind.« Sie berührte Nannis Gesicht. »Das bin ich doch nicht?«

Ihre Hand war kühl, sie streichelte Nanni. Die stand ganz still, und ihre Augen strahlten vor Glück. Es war alles so leicht. Nur eines war noch zu tun.

»Ich muß dir was erzählen«, sagte Nanni.

Am Abend ging über Grafenweiler ein schweres Gewitter nieder. Grauschwarze Wolkenmassen waren hoch aufgetürmt. Aus dem Wetterwinkel im Nordosten schob sich eine schwefelgelbe Hagelfront heran und überschüttete das Land mit Schauern von Eis. Dieses Eis fiel auf leere Felder. Die Ernte war eingebracht.

Nanni stand beim Fenster und schaute zu, wie die Hagelkörner hüpften und Blätter von den Sträuchern rissen, wie sie Blumen köpften und Stauden niedermähten. Die Nacht war früh hereingebrochen, eine düstere, schiefergraue, von langen blauen Blitzen durchzuckte Nacht. Der Donner war endlos. Er krachte wie splitterndes Holz, dann wieder dröhnte er wie stürzendes Gestein oder rollte wie ein Trommelwirbel. Dazu pfiff der Sturm und rüttelte an den Balken. Bald war der Garten voll Eis, und die Luft wurde winterlich kühl.

Auch im Haus gewitterte es. Die Mutter schoß wütend umher und zitterte am ganzen Leib vor Erregung und Zorn.

Aber diesmal war sie nicht auf Nanni zornig. Sie war voll lichterloher Empörung über Josefa. Sie sagte: »Morgen geh ich zum Kohlwirthof und rede mit den Eltern von dieser Kanaille. Und wenn sie sie nicht grün und blau hauen, tu ich es persönlich.« Dabei schmiß sie eine Tür zu, daß es krachte.

Der Vater rief Nanni zu sich und redete lange mit ihr. Er sagte: »Du darfst dich vor deiner Mutter nicht fürchten. Jetzt siehst du, wie gern sie dich hat, auch wenn sie oft Lärm macht. Sie wird aber immer aufpassen, daß dir nichts geschieht.«

Dann erzählte er ihr von seiner eigenen Kindheit, wie er gelebt und was er oft angestellt hatte und daß er Nanni sehr ähnlich gewesen war. Er hatte sich auch alles mögliche ausgedacht, und das hatte ihn so begeistert, daß er es für wahr hielt. Er hatte Pläne gemacht, die er nie verwirklichen konnte. Einmal hatte er in seiner Phantasie eine Stadt am Nordpol gebaut und sie bevölkert und ein anderes Mal beschlossen, ein Unterseeboot zu bauen. Dafür hatte er sogar schon Geld auf dem Sparbuch gehabt.

Nanni kuschelte sich an ihn und hörte ihm zu. Das ganze Haus roch nach den Apfelscheiben, die die Mutter in der Küche buk. Im Wohnzimmer war ein behagliches gelbes Licht, das stärker war als das blaue Flackern draußen. Einmal kam die Mutter herein und strich Nanni über das Haar.

Nach einiger Zeit ging das Hagelwetter in einen heftigen Regen über. Alles, was Durst gelitten hatte, trank endlos Wasser, lebte auf und war wie toll vor Entzücken. Die Bäume sangen im Sturm, der ihnen die Kronen zerraufte, und sogar die zerfetzten Sträucher feierten mit.

Das Abendessen kam auf den Tisch. Vater, Mutter und Nanni saßen beieinander, gehörten zusammen und hatten einander gern. Nanni spürte das und wollte sonst nirgends sein. Zwar sagte die Mutter einmal: »Die Suppe beißt man nicht«, und ein anderes Mal sagte sie: »Sitz gerade!« Aber das war eben eine Gewohnheit von ihr. Es ging Nanni nicht mehr durch Mark und Bein.

Der lange Abend war schön. Das Licht wurde ausgelöscht und der Fernseher eingeschaltet. Ein Film über Afrikas Tierwelt wurde gezeigt. Es war alles wie jeden Abend und doch ganz anders. Sogar die Dinge zeigten Nanni, wie gern sie sie hatten. Der Rauch, der aus dem Aschenbecher stieg, kräuselte sich freundlich in der Luft und löste sich auf. Um zehn Uhr sagte die Mutter: »Geh schlafen, Nanni!« Und dabei lächelte und nickte sie. Nanni ging in ihr Zimmer und zog sich aus.

Der tolle, peitschende, wilde Regen ging in ein ruhiges Rauschen über. Nanni lag im Bett und hörte ihm zu. Durch das offene Fenster kam reine, kühle Luft. Nanni streckte sich aus und zog die Decke ans Kinn. Das Bettzeug war kühl und frisch. Sie schlummerte ein. Aber sie wußte nicht, daß sie schlief, sie sah noch ihr Zimmer und das offene Fenster mit den Blumentöpfen. Heute schien kein Mond. Es war eine schwarze Nacht. Trotzdem sah Nanni, wie sich die Blumen bewegten, als hätte sie jemand angerührt. War das vielleicht der Wind? Es wehte ja keiner mehr.

Dann sah sie plötzlich den Engel, und sie erkannte ihn wieder, obwohl sie sich nicht erinnerte, woher sie ihn kannte. Er sagte: »Es regnet, Nanni. Weißt du, warum?«

»Weil eine Kaltfront gekommen ist«, gab sie zur Antwort. Da schüttelte er lächelnd den Kopf und sagte: »*Wir* sind gekommen, weil du uns gerufen hast.« Aus seinen Haaren rann schweres, helles Wasser. Es rann auf die Welt, und die Blumen tranken davon. Aber die Engel und der Regen hatten nichts miteinander zu tun. Das wußte Nanni und glaubte ihm daher nicht.

Er tat einen Schritt auf sie zu und stand jetzt ganz deutlich vor ihr. Immer noch lächelte er sie freundlich an. Aber als sie die Hand nach ihm ausstreckte, um ihn zu berühren, zog er sich zurück und sagte: »Niemals mehr.«

Sie verstand, was er sagen wollte. Es tat sehr weh. Niemals mehr würde ein Engel den Regen bringen. Dann verließ sie der seltsame Gast mit leisen Schritten. Sie wollte ihm nachgehen, aber er ließ es nicht zu und hatte die rechte Hand zur Abwehr erhoben. Kalte Ströme und heiße Meere erfüllten die Luft. Da war kein Platz mehr für Engel. Sie mußten fort.

Sie erhoben sich wie ein Vogelschwarm und flogen davon, mit langen, triefenden Gewändern und nassem Haar. Ihre Flügel waren voll Wasser und trugen sie kaum. Trotzdem mußten sie fort. Immer mächtiger rauschte es auf. Ein großer, weinender Engelschwarm erfüllte die Luft mit dem Lärm seiner Flügelschläge. Waren so viele Engel auf der Erde gewesen?

Nanni wachte noch einmal auf, sah, daß niemand bei ihr war, und wußte wieder, daß nur der Regen so laut rauschte, der Regen, den kein Mensch rufen oder vertreiben konnte und der nur selten dort fiel, wo man ihn am dringendsten brauchte.